ああ、くれるの？　これをおれに？　うれしい。うれしい。うれしい。
生きるために堰き止めていた感情が決壊して、あふれ出す。
「大好き」

(本文より)

契約ドムがはなしてくれない

あまみや慈雨
イラスト／ASH

この物語はフィクションであり、実際の人物・
団体・事件等とは、一切関係ありません。

CONTENTS

◆初出一覧◆

契約ドムがはなしてくれない

＊上記の作品は「pixiv」(https://www.pixiv.net/) 掲載の「契約ドムがはなしてくれない」を加筆修正したものです。

セーフワード改定会議　／書き下ろし

おれたちのカラー　／書き下ろし

契約ドムがはなしてくれない

会員制高級Ｄｏｍ(ドム)／Ｓｕｂ(サブ)クラブ、アンダー・ザ・ローズ。その一室のドアが開き、原陽太(はらはるた)の前に現れたのは、一目で住む世界が違うとわかる男だった。

百八十五センチはある長身。オーダーメイドだろう、体にしっとりと沿うスリーピース。いわゆる既製の「吊るし」、それも夏冬一着ずつしか持っていない陽太には、いったいおいくら万円なのか、想像もつかない。

しかしそのスーツを高級に見せている一番の要因は、まとっている本人から放たれる、威圧感にも似たオーラだろう。

ドムの人ってやっぱりドムって感じなんだなあ――

子供のように思う。

『顧客には身元のちゃんとした方しかいませんから』とこの副業を紹介してくれた人の話によると、彼は自身でも会社を経営する他に、株の配当だけで年間何十億と入ってくるらしい。年齢は三十手前と聞いているから、ぎりぎり同じ二十代なのに。

「このあとも仕事があるから、時間通りに頼む」

「よろしく」の挨拶(あいさつ)もなくそう切り出される。ちょっと引っかからなくもないが、陽太は心の中で「お金のため、お金のため」と最強呪文をくり返した。

どんな相手だろうとかまわない。妹の結婚式までに、お金を稼がせてくれるなら。

「弓削(ゆげ)さま、ですよね。本日はよろしくお願いいたしましゅ」

——噛んだ。

□□□

「おれが……サブ？」

クリニックの一室で医師から告げられた言葉を、陽太はオウムのようにくり返した。ちなみに本人はよく「シマエナガに似ている」と言われてしまう童顔の持ち主だ。

陽太はあることに思い至ると、二十三なのにどうかすると十代にも見えてしまうシマエナガ顔を青ざめさせた。

「あ、あの、ドムとかサブの人って、抑制剤を飲まないといけないんですよね。それって……」

「ああ、そこは国の負担なんで、お薬代はかかりませんよ」

陽太は傍目（はため）にもわかるほどほっと安堵して、薄い胸を撫で下ろした。今これ以上の出費が増えたら、それこそ「なかなか切れない納豆の辛子（からし）の包みを力任せに引きちぎったら目に入り、驚いてのけぞったら背後にあったチェストに頭を打つ」みたいな痛手だ。やったことがあるからわかる。

陽太は養護施設出身だ。養護施設は、普通、十八歳までしかいられない。だが、陽太が育った施設には、運よく施設を出たあとの生活支援のための宿舎が併設されていた。陽太は高校卒業後もそこに住まわせてもらい、奨学金で専門学校に通った。長引く不況により、正社員にはなれなかったが、派遣のSEとしてなんとか生計を立てていた。のだが。

『先方の都合で、このプロジェクトお流れになったから』

の一言で、一方的に契約を切られたのがつい先日。

加えて、なんだかずっと体調が悪い。なにをしていても、鉛（なまり）の服でも着せかけられているような倦怠感がつきまとうのだ。ときおり、ひどい吐き気にも襲われる。すぐにでも次の仕事を探したい。SE職が見つからなければ、日雇いの肉体労働にだって行きたいのに。

今医療費がかかるのは正直痛いが、とにかく働けなければ元も子もないと病院に向かって——検査の結果、自分はサブで、度重なる体調不良はそのためだったと判明したところだった。

「ダイナミクス（第二性）については、小中高と折に触れて学ぶことになっていますから、ご存じですよね？」

「はい……まあ、大体は」

ダイナミクス――第二性と呼ばれるものについての知識を、陽太は記憶のかなり古い層から掘り起こした。

この世には、男女の性の他に、サブとドム、どちらにも属さないニュートラルの三種の性がある。

支配され、従属することを好むサブと、支配することを好むドム。

従属と支配といっても、それはいわゆる性的嗜好であるSMとはまったく別物だ。

もっと本能的な欲求――呼吸、睡眠といったものと変わらないレベルで、サブはドムの要求に応じることに喜びを感じるし、ドムはサブの喜びを生み出せたことに深く満足する。命令する側とされる側ではあるが、その立場は対等なのだという。

そして〈プレイ〉と呼ばれる行為を行わないと、体に不調が出るとされていた。

プレイは〈コマンド〉と呼ばれる言葉を使って行われる。そして双方合意の下で行うことが望ましい。無理矢理従わされたサブは、ドロップといってひどく体調を崩すこともある。もちろん、合意を得ずに相手に突然コマンドを放つことは、条例で禁じられている。

そんな授業を受けながら、正直陽太は一度もピンときたことがなかった。

なにしろ、ドムかサブか判明する時期も個人によってまちまち。全人口の数パーセントの存在。

そんなものが自分の身に降りかかるとは。

陽太の表情から、理解度を読み取ったのだろう。医者は励ますように穏やかな笑みを刷(は)く。

「薬の飲み忘れさえしなければ、とりあえず日常生活に支障は出ませんから、大丈夫ですよ」

「そうですか。えっと、でも定期的に処方箋はいるんですよね。すみません、おれ、あまり時間が……」

長期の仕事が決まるまで、単発の仕事で昼も夜も働きまくるつもりだ。頻繁に通院しないといけなくなるのは困る。

「薬が合わない方もいますから、数日は休養して様子を見て欲しいところですが」

「そんな暇ないんです。どうしても、妹の結婚資金はおれが稼がなきゃ……！」

勢い込んで口走ってしまってから、我に返った。ここのところ毎日そればかり考えて過ごしているが、初対面の医者には関係のないことだ。

「――すみません」

「いいえ。サブの方は立場的に不利益を被(こうむ)ることもあるので、カウンセリングは特に慎重に行うことにしてるんですよ」

医者は穏やかに言う。職業柄、無茶を言う患者になど慣れっこなのかもしれない。見た感じ、三十といったところか。二十三の自分とそう年が離れているわけでもない。比較して落ち着きのない自分に恥じ入っていると、医者はほんの少し声を潜めた。

「……お仕事の件でも、お力になれるかもしれません」

というわけで紹介されたのが、このクラブ〈アンダー・ザ・ローズ〉だ。

ドムやサブの欲求は、ある程度薬で抑えることができる。が、やはり一番いいのは実際に〈プレイ〉を行うことだ。

数こそ多くないものの、そういったことに特化した店もある。欲求は恋情とは別物で、抗いがたい本能的なものだから、そういった店に行ったり、セフレのように割りきった関係を構築し、恋人や結婚相手はまた別に得る者も多いという。

特に裕福層ともなれば、結婚相手は誰でもいいわけではない。プレイ相手は別に必要だ。そこに「口が堅くてあとあと恐喝したりしないプレイメイトが欲しい」という需要が生まれる。若い医師はそんな斡旋もしているのだと言った。

本当なら、もう少し疑ってかかるべきなのだろうが、なにしろ陽太は早急に金が欲しかった。

もうすぐこの世でたったひとりの身内、妹が結婚する。だが彼女は、式も指輪もいらないと言い出した。

「だって、お金の無駄だし」

「そうかもしれないけど……」

苦しい生活の中での、陽太の唯一の希望。それが妹のはるひを立派に嫁に出すことだったのに。自分の成績が足りず、有利子の奨学金しか受けられなかった。社会に出てからもその返済は大変で、施設を出て一緒に暮らすようになったはるひは、自分の小遣いは自分でバイトして稼いでくれた。

本当なら、もっと友だちと遊びに行ったり、部活だってしたかっただろうに。

高校時代からバイトしていた自然派食品のショップにそのまま就職し、結婚もそこで知り合った相手とする。結婚を急ぐのも、生活費を減らすためではないかと申し訳なく思っていたというのに、式もなしだなんて。兄として情けなさすぎる。

幸い、明るい性格のはるひには友だちが多かった。その友人たちから「私たちがお祝いにエステをプレゼントすると言ってホテルに呼び出すから、サプライズで結婚式をプレゼントしてはどうか」と持ちかけられ、陽太は一も二もなく賛成した。

――結婚式というものに、いくらかかるのか、まったく相場を知らなかったからである。

でも、なんとかしたいと思っていたところでの契約切り。そんなとき医師から提示されたその仕事の報酬金額は、まさに破格だった。

挿入を伴う行為はしなくていいというし、飛びついてしまった陽太を誰が責められよう。

案内されたクラブは清潔だし、現れた最初の客、弓削もなるほど身なりがよく「客はみなわきまえた人ばかりですから」という医師の言葉も信じられた。事前に受けた研修では、客側にも同じマニュアルを渡してあるが、一緒に確認して必ず同意書にサインさせるようにときつく言われてもいる。

嚙んでしまったことについて、弓削の反応は「無」だった。こういう場合、少し笑ってでもくれたほうがいたたまれなくないんだけど――気難しい人なのかもしれない、と思いつつ、

「では、禁止事項等の説明です」

そう切り出すと、弓削は微かに眉根を寄せた。充分承知している、というのだろう。立場の弱い派遣で働く陽太は、雇い主の顔色に敏感だ。

やばい――

陽太は念のため用意してきた資料のファイルを開いた。

「概要は事前にお読みいただいたと思うので、こちらの要点をまとめたものだけ一緒にご確認お願いします」

お互いの安全のためなのだろうが、店で用意した説明はちょっと長すぎた。大事なのは要点の理解なのだから、まとめてもかまわないだろうと思ったのだ。この気配りも、ＳＥとして雇われながら、要領を得ない上司の長文メールを無数に咀嚼してきた成果だった。

ちょっとでも時短できたら、お仕事いっぱい受けられるしね。――そういう腹づもりだ。

弓削は一瞬「おや」という顔をしたあと、

「――ああ」

と頷いた。彼のまとう、威圧感のようなものが、少し和らいだ気がする。

よかった。ひとまず、初仕事の滑り出しは順調だ。

お互いに禁止事項を確認し〈同意する〉にチェックを入れる。

「あとはセーフワードの設定か」

セーフワードとは、プレイ中にどうしても応じきれなくなったときにサブが口にする言葉だ。それを口にされれば、ドムはプレイを中断しなければならない。セーフワードの有無は、万が一問題が発生したあとの訴訟等でも重要視される部分だ。

「あ、それはもう店側で決まってまして」

陽太は説明する。

「セーフワードは〈大好き〉です」

「……なるほど」

入店前に「〈やめて〉や〈いや〉では本当にやめて欲しいのかわからないですからね」と説明されたとき、年齢=恋人いない歴の陽太には、すぐには意味がわからなかった。

だが弓削はひどく納得した様子で、皮肉交じりの笑みを浮かべる。〈ここはあくまで日常生活に支障が出ないよう、プレイをする場〉と仔細を飲み込んだ顔に、陽太も安堵を覚える。

「では、プレイ中はこちらを足首に装着してください」

電子アンクレットにセーフワードを入力して手渡す。サブがセーフワードを口にしたら、反応して電流が流れる仕組みだ。囚人のようだと嫌がられるかと思ったが、弓削はあっさり受け取って装着した。

「では——よろしくお願いします」

陽太が頭を下げると弓削も「ああ、よろしく」と応じ、ネクタイを緩める。撫でつけてあった髪を手ぐしでほぐした。元々はわずかに癖のある髪が乱れると、少し若く見える。

一方陽太は、店の制服であるシャツとベストを身につけている。コンセプトは従僕といったところだろうか。非日常感を演出するためだろう。他にも客の要望でいかようにも対応可能なようだが、ここを利用するのが初めてだという弓削は、スタンダードプランにしたようだ。

「まずは簡単なものからだったな――〈跪け〉」

赤い布張りのソファに腰掛けた弓削からそう命じられたとたん、陽太はぺたんと床に座り込んだ。

頭で考えるよりも、体が先に反応した。

――これが、コマンド。

ドムに従っているだけでいいとは言われていたものの、ここまで強力なものだとは思っていなかった。

自宅は古いアパートだから、普段は畳に座って過ごすことが多いが、毛足の長い絨毯の床にぺたんと座って、命令してくる相手を見上げるという行為はもちろん初めてだ。

そして、体が熱を持ち始めていることに気がつく。『従えた』と体の中から歓喜が泉のように湧き出てくることに、自分でも驚く。

「――〈来い〉」

弓削の声が、鼓膜を震わす。陽太は膝立ちになり、弓削の足下にすり寄った。まるで犬だ――

そう思うのに、ちっとも屈辱じゃない。

「〈よくできた〉（グッドボーイ）」

そう言われて頭を撫でられると、今までの人生でも感じたことのない、不思議な充足感があった。コマンドに従ったあと、こうして褒められることを〈ケア〉というらしいが、まさに癒やしだ。

「あの、おれ、うまくできてるでしょうか」

恐る恐る訊（たず）ねる。プレイ中に命じた以外のことを話すことを禁じるドムもいると聞いていたが、弓削はそのタイプではないようだ。応じる言葉には、軽い笑みが乗っていた。

「ああ、問題ない。――いい子だ」

『いい子だ』

告げられた瞬間、鼻の奥が、つんと痛んだ。

そんな言葉、親にも言われたことがない。

はじめに父親が。次いで母親が、陽太とはるひを古アパートに残して出て行った。母親の最後の言葉は『はるひをお願いね』だ。――陽太を気遣う言葉は、なかった。

ベッドに導かれる頃には、最初に感じていた緊張はどこかへ消し飛んでいた。

当初弓削がまとっていた、微かに鼻白んでいた気配も、今は消えている。この非日常の中に、二人して入り込んだ感覚があった。

「——〈脱げ(ストリップ)〉」

命じられると、ぞくぞくと快感が走る。

陽太は着慣れないベストのボタンを外し、脱ぎ捨てる。シャツのボタンを外すと、そのあとの一瞬の躊躇(ちゅうちょ)を見透かされたように「下も脱ぎなさい」と命じられた。

「……っ」

さっと頬に熱が走る。けれど羞恥より、彼の命令に応じたいという欲求のほうがはるかに強い。

スラックスを脱ぎ、下着も脱ぐと、貸与されたソックスとソックス留めだけの姿になった。単に雰囲気を出すため店から支給されたものでしかないが、今こうして見てみると、なんだか拘束具のようにも思える。

ぺたんと座った姿勢でいると、弓削の瞳に鈍い光が走ったように思えた。

「〈晒せ(プレゼント)〉」

コマンドを命じる声に、迷いがない。

陽太はゆっくりと体勢を変えると、膝裏に腕を入れて、自ら開いてみせた。

「……っ！」

あらぬところに、弓削の視線を感じる。

もちろんこんなところを他人に晒すのは初めてだ。こんなところでも人は視線を感じることができることに驚いてしまう。

熱を感じる。まるで、視線だけでねっとりと犯されているようだった。

やがてその緊張が、ふっとゆるむ。弓削が笑みをこぼしたのだ。

それがなぜなのかに気がついて、陽太は咄嗟に足を閉じた。

――お、おれ、見られてるだけで勃……っ

信じられない。

陽太は年齢＝彼女いない歴の持ち主だ。今まで生きるだけで精一杯だった。

まず生きる。そしてはるひの幸せ。それだけに心血を注いできた陽太は、成年男子にあって当然の性欲もほぼ感じたこともなく今日までやってきた。もしもそれがあったなら、逆にプレイメイトなどという仕事を引き受けることはなかったとも言える。

なのに今、陽太の中心は弓削の眼差しに舐められただけで、鎌首をもたげていた。

あまつさえ、淫らな涙をこぼし始めている。

「――隠すな」

先回りしたように、弓削が命じる。命じられてしまえばもう、従わないことに罪悪感が生まれる。

「……」

羞恥に震えながら、どうにか再び足を開く。顔を背け、唇をわななかせていると「〈見ろ（ルック）〉」と短く鋭い声がした。

こんなあられもない姿を晒しておきながら、顔を見ろとその声は命じるのだ。背けば、胸に鈍痛が走るのはわかっていた。

陽太は小さく震えながら、弓削の顔を見上げた。濡れたような黒い瞳で見つめ返される。

「……ここを、自分でいじったことは？」

「……」

「――〈言え（セイ）〉」

「……ない、です」

「だろうな。生まれたてみたいだ」

弓削はそう呟（つぶや）くと、陽太の竿に触れた。先端の涙を、丸みに塗りつけるように広げる。

「……ひゃ！」

　そんなところを人から触れられるのは正真正銘初めてで、陽太は間抜けな声を上げた。快感の、というよりは、純粋に驚愕の声だった。

　しかし、弓削が指の動きをくり返すうち、それは情欲の湿り気を帯びていく。

「ひっ……あ、んん……っ！」

　恥ずかしい。

　かつて感じたことのない快感は、苦しいものですらあった。

　弓削の指は骨ばっていて、同じ成人男性であるはずの陽太のものよりはるかに雄を感じさせる。触られているのは竿なのに、腰の裏側がじんじんしてしまうのも、初めて味わう感覚だった。

——き、きもち、いい……

　もちろん陽太だって成人男子だから、こういう行為が気持ちのいいものらしいとは知っていた。けれど想像するのと、実際に味わうのとでは、大違いだ。

　気持ちいいはずなのに、なぜ涙が出るのかもわからない。

　弓削の指は雄を感じさせるのに、手つきはひどくやさしい。

　巧みに誘い出された蜜はいまや滴るほどで、弓削はそれを手指にまとわりつかせては、陽太の竿を上下にしごいていった。

にちゃ、という音に耳からも犯されて、吐息が荒くなってしまう。

笑みを含んだ声が訊ねてくる。

「イキたいか？」

なんて直截な言葉。陽太は返答の言葉を詰まらせた。

今すぐ放って、気持ちよくなりたい。

そんな淫らな欲望に、陽太自身戸惑っていた。

陽太の人生は、今までずっと我慢の連続だった。

施設に置いてもらえるだけありがたいんだから、大人しくしなきゃ。我慢しなきゃ。

クラスでも、目立たないように息を潜めた。施設に暮らしていることがバレれば、いじめられてしまうからだ。自分はともかく、はるひに害が及んだら？

進学するため、奨学金の申請をするときだってそうだ。

手続きをしてくれる教師に、大人たちに、従順でなければ。これを逃したら、妹を守れない。

そんな陽太にとって、通常のコマンドに従うことは苦でもない。

だが、今弓削が求めているのは、諾々（だくだく）と従うことではない。

自分で、自分から、欲望を口にしろと言っているのだ。

欲しいものを口にするのは、怖い。

——怖い。

口にしてしまったら、自分の本当の望みがはっきりと形を持ってしまう。

望みがはっきりしてしまったら、手に入らなかったとき、絶望はより深くなってしまう。

弓削は自身のスラックスの前をくつろげた。現れた彼のそこはおそらく半勃ちで、なのに一瞬怯むほど大きかった。

「挿入はしないという契約だからな」

弓削は、ひた、と自分のそれを陽太のそれに合わせてきた。生まれて初めて感じる感触に、腰が引けそうになる。弓削はそれを諫めるように陽太の腰に片手を回し、もう片方の手で自分と陽太の竿を一緒に握り込んだ。激しく上下させ始める。

「ひ……っ!」

「ああ、先走りをたくさん漏らしてくれたおかげで、ぬるぬるして気持ちいいな」

なんていうことを口にするのだろう。

けれどその恥ずかしい言葉さえ、快感につながってしまう。どうすることもできずに腕を彷徨(さまよ)わせていると、微かな笑いと共に命じられた。

「握れ。——そう、両手で」

弓削の手の上から、さらに両手を添える。ぬるりとしたもので手が濡れると、それだけで気持ちよかった。

てのひらが淫靡な喜びを感じられるようにできているなんて、陽太は今の今までまったく知らなかった。

「んっ、んっ、やっ」

鼻にかかった甘い吐息が漏れてしまう。

快感を逃がしたくてかぶりを振ると、そのたび弓削が「〈見ろ(ルック)〉」と命じてくる。見つめたら、その黒い瞳の中に、どうしようもなくだらしなく快感を貪る自分の姿が映り込んでいて、嫌なのに。

「いや、や、やあ」

〈嫌〉はセーフワードにはならないとは、こういうことだったのだと、身をもって知ってしまう。同じことを思い出していたのかもしれない。弓削がふっと笑みを漏らしたかと思うと、手の動きが激しさを増した。くちゅ、くちゅ、という音が、うるさいくらいに耳を打つ。

「あっ、あっ、あっ、あっ」

弓削の瞳の中の自分は、口の端から唾液を漏らし、涙を流してよがっている。嫌なのに、目を逸らせない。

弓削もまたそれをわかっていて、じっと見つめ返してくる。

「――カム」

いけ、と命じられ、陽太はついに弓削の手の中に、すべてを放った。それは同時に放った弓削の精液と混ざり合い、指の間からぐちゅりとあふれる。

快感に薄れていく意識の中で、

「いい子だ」

という囁きを、聞いた気がした。

■■■

「いい知らせと悪い知らせ、どっちから聞く？」

腐れ縁の同級生医師が楽しそうに訊ねてくる。患者——弓削柊一郎は上着を直しながら応じた。

「百文字程度で簡潔に述べろ」

そんな扱いにも医師は慣れたものらしく、軽く肩を竦めただけだった。

「じゃ、簡潔に。弓削、君はドムだ」

「——は？」

「ここのところの体調不良というのは、それが原因だね。だから、薬かプレイで解決できるよ。学校の第二性ダイナミクスの授業は覚えてる？」

覚えてはいる。しかし、しっかり脳内の「自分には関係ない棚」にしまわれていた記憶だ。

とはいえ、心のどこかで「やはり」と感じてもいた。

弓削家はドムが多い家系なのだ。そしてそれは、単なる偶然ではない。

ドム、それは支配することに喜びを見出す生き物だ。

それだけなら、適したパートナーを見つけて落としどころを見つければいい。

しかしドムにはもうひとつ特別な力〈グレア〉がある。

威圧する力、とでも言おうか。ドムがグレアを放つと、サブは合意がなくともその力の前に屈服してしまう。上ランクのドムなら、サブどころか、ニュートラルにもある程度効果を発揮する。

結果、どういうことが起きるか。

――法が整備されていなかった頃のことを考えると、頭が痛いな。

自分の祖父、そのもっと前の時代には、この力を使って強引に商談を結ぶなんてことも行われていたはずだ。だから、今一般に一流と言われている歴史ある企業を遡っていけば……その先は、言わぬが花、だ。


「くそ」と弓削は遠慮もなく吐き出した。

今はそんな時代とは社会倫理が大きく異なる。現代社会で企業経営をするなら、ドムであることはむしろ瑕瑾でしかない。

「もしうっかり社員や取引先相手にグレアを放ってしまったらどうなる？　社長自らコンプライアンス室行きなんて、まったく笑えない。薬で抑えられるんだろうな？」

「そうだねえ。でも君は元々が元々だから、ちゃんとパートナーとプレイして発散させるのが一番効果的だよ。相性がいい相手が見つかれば、ずっと安定するし」

元々が元々とはどういう意味だ、と思いつつ、弓削はばっさり切り捨てた。

「そんな暇はない」

仕事が忙しいのだ。ただでさえ数の少ないサブを探し、その上相性も吟味する？

――やってられるか。

正直、弓削は遊び相手に困ったことはない。若いやり手社長という肩書きだけで、寄ってくる輩はいくらでもいるのだ。自分がすることは、せいぜいその中から後腐れがなさそうな相手を選ぶくらいのもので、一晩経てば顔も覚えていないことが多かった。

幼馴染み腐れ縁医師は、にっと笑う。

「そんな柊一郎クンに耳寄りなお知らせがあります」

「いやあ、持つべきものは友だね～」

しゃあしゃあと自分でそう言いながら、医師、橘聖が紹介してよこしたのが、高級会員制D

ｏｍ／Ｓｕｂクラブ〈アンダー・ザ・ローズ〉だった。

誰しもがしっくりくるパートナーを見つけられるわけではない。抑制剤に頼りすぎるのも内臓やメンタルによくないと言われている。当然の結果として、恋愛感情抜きでプレイだけを提供する店というものが生まれる。

しかし、厳格な審査があるわけでもないそういった店には、サブを名乗るニュートラルも勤務していて、客には不満が溜まったり、逆にキャストに危険が及ぶこともある。

「その点うちは医師――僕ね――のお墨付きだからね。顧客も富裕層の身元がしっかりした人しか紹介しないから、ｗｉｎ－ｗｉｎってわけ」

昔から、妙に世慣れたところのある男だとは思っていたが、まさかこんな副業までやっていようとは。

とはいえ、ここのところの倦怠感、眩暈、突然襲ってくる暴力衝動には、本当に困らされていた。それがドムゆえの症状だというのなら、解消できるに越したことはない。

「慈善事業っていうか、医療行為の一環みたいなもんだから、抜くのは必要経費だけで、サブの子にたくさん払ってるよ」と語る橘の言葉を信じるのなら、本当にｗｉｎ－ｗｉｎだろう。

金で解決できることに金をケチらない。それが弓削柊一郎という男のモットーだ。

そういういきさつで対峙したサブは、思いのほか若かった。

「ちゃんとしてる」と橘が語る以上、成人はしているのだろうが、なんとも華奢で、心もとない風情だ。

顔は、まあ、可もなく不可もなく、か。

元来弓削は、男も女もいけるくちだ。ＳＭめいたプレイの経験もある。どうせ健康のために発散しなければならないのなら、相手も相応なほうがいいのだが――そんなことを考えながら、もう充分に読み込んできた資料を取り出されたときのことだった。

「事前にお読みいただいたと思うので、こちらの要点をまとめたものだけ一緒にご確認お願いします」

おや、と思った。子供みたいな顔をしているが、存外要領がいいらしい。

仕事でうっかりグレアを使ってしまわないよう、ここで発散してうまく制御したい。そのためだけにやってきた弓削の中に、このときほんの少しだけこの偽りの逢瀬を楽しむ心が生まれた。

そのあとの〈セーフワードは大好き〉には、橘の悪趣味を感じて苦笑してしまったが。

「わざわざお礼を言いに来てくれるほど良かった?」

相変わらず人を喰ったような話し方をする橘に、弓削は憮然とした表情だけで応じる。アンダー・ザ・ローズの初利用から一夜明けて今日、気になることがあり、報告がてら診察に来たのだ。礼など言いに来るものか。

だが実際、悪くはなかった。いや、むしろ初めて味わう類の快感は、思いのほか良かったと言っていい。

まったく好みではない、痩せぎすの男。

初めての行為に戸惑う姿は、少年といってもいいくらいだった。加虐の趣味はないはずなのに、コマンドに必死に応じる姿は正直くるものがあった。

それに、と思う。

ただの加虐なら、言うことを聞かせたらそれでおしまいだろう。

だが、サブがコマンドに従うたび、このドムになら従ってもいいと思っているのが伝わってくるたび、不思議と、こちらも満たされた。

ドムもサブも満足して、プレイがうまくいったとき、サブは〈スペース〉と呼ばれる一種のトランス状態に陥る。非常にリラックスして、うっとりとしてしまうらしい。

昨日相手をしてくれた若者は、射精のあとスペースに入っていた。弓削の腕の中で、時間いっぱいまで眠っていた。

弓削にとって、従う相手の根底にある感情は多くが〈畏怖〉か〈打算〉だ。〈信頼〉なんかじゃない。

子供の頃からそうだった。

中等部に進学した頃の話だ。

その学校は、中等部から外部受験生を受け容れていた。するとどういうことが起きるか。

ありていに言うと、親の経済レベルはそこまでではないが、賢いクラスメイトというものができる。

彼らは、幼稚園から一緒の同級生たちとは、違う文化を持っていた。

絵の具をといたのか？ と思うような色の菓子に始まり、いつもびっくりするくらい騒がしいゲームセンター。取れた景品をフリマアプリで売りさばき、遊ぶ金を得る方法を教えてもらったときには、感動すら覚えたものだ。ファミレスのドリンクバーで飲み物を混ぜ、誰が一番まずい物を作れるか競争をしたときには辟易（へきえき）ともしたが、新しい世界は刺激的だった。

それまで親同士が知り合い、もしくは取引先である相手としか行動を共にしたことがなかった弓削は、親の知らない自分だけの人間関係というものに、飢えていたのかもしれない。

ある日、いつもつるむメンバーでネットカフェに一泊した。都内では身分証が必要になる。だからわざわざ近県まで行って、自己申告と店員による目視だけで済む店を選ぶ。そんな計画段階から興奮した。

メンバーは全員背が高く、大人びて見えるほうだ。作戦はうまくいき、無事一晩をそこで過ごした。

しかし、メンバーの一人が親にちゃんとした言い訳を用意しておかなかったせいで、その一件はすぐにばれ、弓削は教師に呼び出された。

『弓削君に命令されて仕方なくってみんな言ってるんだけど、どうなの？』

スクールカースト上位の弓削に唆（そそのか）されれば、自分たちに断れるわけはない——外部受験組は、口を揃えて言ったそうだ。

彼らは、弓削を仲間だとは思っていなかった。

たまたま金のある家に生まれついた。

それは子供にはどうあっても覆せないものなのに、周囲は弓削との間に勝手に壁を築く。

そして、壁の向こうの相手なら、いくらでも攻撃していいと思っている。

現在弓削が経営するホスティングサービスの会社は、弓削が一から立ち上げたものだが、それも〈弓削一族〉だからできたこと、と陰口を叩かれることも多い。そのくせ、おこぼれにあずかろうと寄ってきたりもする。

知人としての頼み事の範疇だと思っていたことを「命令された」と言われることも未だにある。

だから、たいがいのことは人に頼まずに自分でやる。

それが年中忙しいことの一因になってしまっていることはわかっているのだが、へたな相手に頼んで面倒なことになるよりましだ。

だが昨日のプレイは違った。

命じることで、あのサブが喜んでいるのが全身から伝わってきた。

すべてを見せてくれ、晒してくれ。

〈俺〉という人間と、おまえだけの間で——

自分の中から湧き出してきた感情に、弓削は驚きながらも深く納得していた。命じて、応じられる。そして裏切られない。

これが俺の本当の望みなら、二十八の今まで押さえつけていれば、体調に異変も出るというものだ。

「診察？」

訊ねる橘の声で、弓削は思考の海から浮上する。

「ああ、気にするほどのことじゃないと思うが、なにしろ抑制剤を飲むのも初めてだからな。一応報告だけしておくかと思って」

毎日プレイできるわけではないし、人によって必要な頻度も違うから、クラブに通うにしても服薬は必要だ。

「薬が合わなかっただけだと思うが」

ネクタイをほどき、シャツの胸元を寛げると、鍛えた胸筋と鎖骨の間がうっすらピンク色に染まっていた。昨日以前はなかったはずだから、薬の影響かと当たりをつけたのだ。

「キスマーク……にしては大きいし、色も薄いか」

「蕁麻疹的なものじゃないか。成分が合わないとか」

「んー、そんな症例今まで聞いたことないけど。ま、ちょっと調べとくか。写真だけ撮らせて」

友人の気安さで、橘はスマホを取り出しさっと撮影する。あまりに雑な仕草だ。

「藪医者め」

「僕は皮膚科じゃないんでね。診察時間前に診てあげてるだけでも破格の扱いだよ」

軽口を叩き合いながら診察室を出る。途端、スマホが鳴った。

秘書からかと思ったが、画面に表示されたのは祖父の名前だ。出もせずに切る。「いいの？」と橘が笑う。

「内容は想像がついてる。見合いをしろとしつこい」

「見合い」と橘は再び笑う。

「未だに〈仕事がうまくいったなら、次は結婚だ〉という古い価値観で生きてるんだ。あれこれ口を出されるのが嫌だから、あの人からの融資は一切受けていないってのに……」

一族の干渉を避けるためにひとりでがむしゃらに励んでいたら、会社はいつの間にか大きくなっていた。結果、外からは弓削グループの企業のように見えてしまうのだから、皮肉なものだ。

「まあでも、どっちみちしなきゃならないんだろうし、だったらおじいさまの人脈にものを言わせて理想の相手を探してもらうってのも合理的かもよ。それこそ、弓削の仕事にプラスになって、なおかつサブって人もいるかもしれないじゃない」

「……そうか、そこも考慮しないといけなくなるわけか」

弓削は唸った。

忌々しい。仕事ならいくら忙しくても目に見える成果がある。だが、恋愛も結婚も、そういうものではない。である以上弓削にとっては〈めんどくさい〉〈無駄〉に思える。そこに〈ドム性〉というめんどくさいものがさらに加わったのだ。憂鬱にもなる。

「まあ、裕福層には結婚とは別にドムサブのパートナーを持つ人も珍しくないよ。話のわかる人を見つけるのがなかなか大変だとは思うけど」

「そこに付け込んで商売する奴もいるしな」

すかさずあてこすってやると、橘はわざとらしく目を逸らした。

しかし、健康に影響が出る以上、真剣に対応を考えなければならない問題だった。

当面はクラブを利用するとして、昨夜の彼はいつまで所属するのだろう。ふとそんな考えがよぎった。

もし、次に利用するなら、また――

「あれ」

橘が声を上げた。弓削のために開けただけだから、クリニックのロビーには灯りをつけておらず、硝子（ガラス）のドアの向こうのほうが明るい。

そこに、昨夜の彼がなにやら思い詰めた表情で立っていた。

プライベートだからなのか、いささか型の古い眼鏡をかけているが、間違いない。昨夜の彼だ。

彼のほうでも、弓削の姿に気がついたらしく、驚いたような顔になる。

橘がドアを開けると、陽太はいきなり弓削に詰め寄ってきた。


「どうしてくれるんですか！」


「――は？」

わけがわからない。陽太はじれたように背中を向けると、おもむろに服をめくった。

「跡はつけないっていう禁止事項に、お互いサインしたはずですけど」

見れば、肩甲骨の谷間に、うっすら痣（あざ）のようなものが浮かんでいる。どうやら自分の胸にできたものと同じ類いのもののようだ。

ただし、形は微妙に違う。彼の背中に浮かんだそれが、花のように見えたとき、自分の胸のものも、そういえば蝶のように見えなくもないと思った。

「今日一番のお客さんが、他の客の痕跡があるキャストは嫌だって、帰っちゃったんです！」

クリニックには出社前に立ち寄ったから、まだ十時前だ。そんな時間にもうクラブの利用者がいて、そこに陽太はすでに出勤済みだということらしい。昨日の今日で。

——俺の前で、あんなにとろとろになっていたくせに？

胃の底が不快に沸き立つ感覚に、弓削は自分を疑う。

なぜ、こんな憤りにも似た感情を？

弓削の中の戸惑いを知るわけもなく、橘が呑気に訊ねている。

「え、君も？　そうなると本当に薬の成分かなあ」

「薬の、せい？」

「今のところ、たぶんね。こっちの人も、ちょうどそのことで来て、キスマークじゃないよねえって話してたとこ」

「あ……」

どうやら、プレイの最中に弓削がつけたものだと思い込んでいたらしい。

陽太は急にしおたれると、もそもそと背中をしまった。

「……すみません」

「いや……」

一度プレイをしたことで、自分の中のドム性が活性化したのだろうか。うなだれるその小さな頭にてのひらを乗せたくなる。

ドムがサブに対して抱くのは、なにも支配欲だけではない。

甘やかしたい、癒したい。そんな気持ちもあるのだと聞いてはいたが、今己の中に湧いた気持ちがそれだろうか——などと躊躇していると、陽太が鋭く面（おもて）を上げたから、弓削は行き場のなくなったてのひらを所在なく彷徨わせた。乱れてもいない髪を撫でつけたりしていると、陽太はもうこっちを見てもいない。橘に向かって訊ねている。

「これ、すぐ消えますか？　他にも、病気かと思って気持ち悪がるお客さんいるかも。おれ、たくさん稼がなくちゃいけないのに」

——稼ぐ。

その言葉がどうしてか引っかかる。

なんだ。金、金って。

自身もわが身に降りかかった面倒ごとを「金で解決だ」と店を利用したくせに、どうしてか、いらだちは募った。

「そんなに稼いで、なにがしたいんだ」

こぼれ出た言葉に、責めるような響きを聞き取ったのだろう。陽太は鼻の付け根に微かに皺を寄せた。そんな顔をしても、まったく迫力はなかったが。

「妹のためです」

「妹？」

「なんか、妹さんに結婚式をプレゼントしてあげたいんだって。けなげだよね～」

予想だにしていなかった言葉に、弓削は毒気を抜かれてしまった。

自分以外の人間のために、性的サービスさえ伴う仕事に？　この、少年にしか見えない男が？

「それにしたって、他にも仕事は――」

思わず呟くと、ちょいちょいと橘が袖を引く。

「弓削は考えたこともないだろうから教えてあげるけど、ホテルでの結婚式の相場ってのはね……」

耳打ちされた金額にまた度肝を抜かれた。もちろん、弓削の総資産からすれば微々たるものだが、必要不可欠ではない事柄に払うには高すぎる額。

「……施設出だからって、我慢させたくない」

絞り出した言葉には、幼い外見とは裏腹な、苦悩の響きが乗っていた。

伏せた眼差しは、記憶の中を探ってでもいるのか、こちらを見ようともしない。〈見ろ〉——そう命じたい欲求が胸元までせり上がってくるのに、弓削はひどく驚いた。一晩でずいぶんドムらしくなってしまったものだ。

このサブに、こちらを向かせたい。俺だけを見つめさせたい。

他のドムと共有だなんて、考えただけで虫唾（むしず）が走る。

このサブをはなさないためにはどうするべきか——気づいたときには、唇が勝手に言葉を紡（つむ）ぎ出していた。

「——俺が、おまえを一ヶ月買い切る」

「え」と陽太が面を上げた。大きな目がこちらを見上げると初めて〈跪け（ニール）〉を命じたときのような満足感が広がった。

「そうすれば問題解決だろう。俺も急にドム性が出て、仕事に支障が出て困っていたところだから、ちょうどいい。昨夜の仕事ぶりは、なかなか良かったし」

実際にはなかなかどころではなかったのだが、素直にそう口にするのは、なんだか面白くない。

陽太はしばらく「言われた意味がわからない」といった様子で首をかしげていた。

なんだかこんな感じの鳥がいた気がするな、と思いながら弓削がその様子を眺めていると、ようやく思考が脳内に行き渡ったらしい。

「……本当ですか？」

恐る恐るといった様子で訊ねてくる。弓削は、安心させるように頷いて見せた。

「ああ。妹さんの式に必要な額にも足りるはずだ」

疑わし気な表情が徐々にほどけ、やがて満面の笑みになる。

「ありがとうございます……！」

眩(まぶ)しいくらいの笑顔に、弓削は束の間目を奪われた。

今まで、誰かから、こんなに手放しの笑顔を向けられたことがあっただろうか。

あまりにもまっすぐな感情に遭遇したとき、人は身動きが取れなくなるものらしい。固まっていると、陽太は、

「精一杯務めさせていただきます！」

と勢いよく頭を下げた。

その拍子に、かつ、となにかが彼の足元に落ちる。

――なんだ？

訝(いぶか)しんでいると、陽太はそれを無造作に拾い上げた。

慣れた様子で鞄(かばん)から絆創膏(ばんそうこう)を取り出すと、それ――折れた眼鏡のつるにくるくると巻きつけて固定する。小さく「よし」と呟くと、なにごともなかったかのように再び装着した。

よ し じ ゃ な い 。

□□□

「一ヶ月俺専属になるからには、身なりもちゃんとしてもらう。今日は一日付き合え」

自分を一ヶ月買い切ると宣(のたま)った男は、続けてそう口にした。普通はそこまでしないと思うのだが、ドムの中にはサブのなにからなにまで管理したがる者もいると聞いている。弓削もその傾向があるのかもしれない。ここは大人しく従っておくことにした。お客さまは神さまだ。

というわけで、弓削のあとに続いて駐車場に向かい、陽太は「あれ？」と首をかしげた。

「どうした？」

「えっと、運転手さんとか、いないんだなーって」

「今日はここに寄るつもりだったからな」

そうか、と納得し、陽太は助手席に体を滑り込ませた。昨日のプレイ前に、守秘義務の項目にもお互いチェックを付けたのを思い出す。

サブはその被虐性から、色眼鏡で見られることも多い。だから自分がサブ属性であることは隠す人間がほとんどだ。

だが、パワハラセクハラが問題になりやすい昨今は、ドムであることもまた隠さねばならないことなのだ。

たとえば仕事で商談をした場合、相手方がなにかを不満に思って訴えられでもしたら、いざとなったらグレアを使えるドムの言い分を、どこまで公正に聞いてもらえるか。

昨夜初めてのプレイを経験し、陽太はダイナミクスの縛りがどれだけのものなのか思い知っていた。

お金のため。多少性的なことがからんだって、自分は男だ。仕事と割り切ってしまえばたいしたことじゃないと思っていた。

だが実際には、仕事の範疇を越えて——心の奥深くに潜む欲望を暴き出される行為だった。スペースに入ってからは、もう自分がなにを口走ったのかも覚えていない。

あの状態で内臓売る契約書にサインしろって言われたら、おれ、しちゃいそう。

ぶるっと震える陽太をよそに、弓削はどこかに電話を入れている。

「ああ、夕方の予定以外は調整してくれ。外からできる仕事はするから、社内システムに入れてくれれば移動中チェックする。それから、一本連絡を——」

やがて老舗デパートにたどり着くと、スタッフが外で何人も待機していた。

「ひっ」

なにこの物々しい様子。

「……デパートくらい来たことあるだろう？」

弓削が怪訝そうな顔をする。

「ありますけど、おれにとってデパートってイコールデパ地下ですし、それも年に一回、はるひの誕生日に大奮発してケーキを買いに来るところでしかなくて……」

こんな都心の地下に駐車場を兼ね備えているなんてことも知らなければ、わざわざ出迎えてくれるものだということも、初めて知った。

きょろきょろしていると「こっちだ」と声をかけられた。そもそも不慣れな場所に方向感覚を失っているうちに、なにやら秘密めいたドアの前にいた。中に通されると、落ち着いた照明に、ゆったりとしたソファ、家具が配置された部屋が現れる。

——こ、これはもしや……うっすら噂に聞いたことがある——外商用のサロンてやつ……？

「弓削様、お待ちしておりました」

「ああ、彼にスーツを見立ててくれ。夕方、コンサートホールに行く。半分仕事だ。それから、眼鏡とコンタクトも」

「かしこまりました」

音もなく現れた年配の男に、弓削は臆することもなく告げる。

サロンの中には、すでに仕立て上がったスーツが何着も用意されていた。仕立て上がっているとはいうものの、もちろん、陽太が買うものとは質が違う。ネクタイ、ベルト、靴に靴下といった小物に至るまで、様々な高級ブランドのものが、ずらりと取り揃えられていた。クリニックを出て、ここへたどり着くまでものの二十分。たった一本の電話で、短時間にここまで準備がされているということに、驚いてしまう。

「あの、弓削さんはいつもこんな感じにお買い物されてるんですか……？」

怖いもの見たさに似た気持ちで訊ねれば「まさか、今回は特別だ」と返された。

「いつもは彼らが家に来る」

「俺は少し仕事をするから、よろしく頼む」と弓削は告げ、ノートパソコンを開いた。その間に、陽太はあれこれとスーツをあてがわれる。

ときどき弓削が面を上げて二言三言アドバイスすると、それがまたしっくりくるのが驚きだった。

というわけで、小一時間もすると、陽太の身なりはすっかりこざっぱりと整えられていた。

――スリーピースとか、初めて着るよ……

多少のサイズ調節は、これまた魔法のような手際で行われたから、まるで一から仕立てたようにぴったりだ。当然、靴や眼鏡といった小物も一通り揃えられた。

弓削がパソコンを閉じて立ち上がった。

鏡越しに、矯めつ眇めつ眺められる。彼の眉がぴくりと動いて一瞬険しい顔になったかと思うと、不意に身をかがめた。

肩口で「動くな」と告げられる。

コマンドでなくとも、そんな至近距離からいい声で囁かれると、びくっとしてしまう。

弓削は陽太の肩に顎が触れそうなほど近づいてきて、なにをするのかと思えばネクタイを締め直してくれた。まるでお気に入りの玩具に、自分で手を入れて仕上げるかのように。

「気に入ったか?」

「あ、は、はい。おれが結ぶより、弓削さんがやってくれたほうが断然見栄えがします」

さっきまではどうしても着られている感があったのだが、弓削がバランスを整えてくれると、どうにか見られるようになった気がする。やはりいいものを着慣れているからだろうか。

「あ、でも、着てきた服は」

陽太は大事なことを口にした。弓削は話の腰を折られたのが不満なのか、眉根を寄せる。

「あの古びたカットソーなら、置いていけば処分してくれる」

「……処分？」

淡々と告げられた言葉を、思わず反芻してしまう。かっと頭に血が上った。

「あれは、はるひが初めてのバイト代で買ってくれたものなんですよ!? なんで勝手にそんなこと……！」

陽太の強い調子に圧倒されたのか、弓削は目を瞬かせた。

「それは――」

すかさず外商スタッフが割って入る。

「こちらに包ませていただきました」

差し出されたデパートの袋をのぞき込むと、色あせたボーダーのカットソーは、たしかに綺麗に畳まれて収まっていた。陽太は袋を胸に抱き、ほっとため息をつく。

安堵すると、弓削がきまり悪そうに立ち尽くしていることにやっと気がついた。

雇い主に対して大きな声を出してしまった。

これから一ヶ月の付き合いになるというのに。

「あの、スーツ、とっても着心地がいいです。一から仕立てたわけでもないのに体にぴったりし

て……凄いです」

恐る恐るフォローを入れてみる。無駄なあがきかなとも思ったが、弓削の顔から緊張が消えるのがわかった。勝手に捨てようとしていたことに、弓削のほうにも多少の罪悪感はあったようだ。

「そうか」

弓削はそう頷くと、スタッフを目配せで呼び寄せる。こともなげに告げた。

「もらおう。ここに出ているもの全部」

「おれ普段仕事でそんなに着ませんし」「体はひとつしかありませんし」と必死にくり返し、なんとか全買いを阻止してサロンをあとにした。

弓削はどこか不満顔だ。若くして何十億も稼ぐ資産家は、人に否を言われることに慣れていないのかな、と陽太は思う。

――もしかして、へそ曲げられたら契約破棄かな……

今日の分の金はもらえるだろうが、それでは結婚式費用にとうてい足りない。なんとかご機嫌を取らなければ。

そんなことを考えながらエレベーターに乗り込んだとき、ぐーっと間抜けに腹が鳴ってしまった。

――おれの、ばか。

思えば今朝はトーストをかじっただけで出勤したから、不可抗力ではある。

「そういえばそんな時間だな。なにか食べたいものはあるか」

陽太は返答に困った。普段、陽太が食べたいものを決めることはないからだ。まずはるひに食べたいものがないか訊ね、それによって献立が決まる。たまの外食もしかり。

こんな高級スーツを買ってもらったのだから、昼は自分が払うつもりだった。

陽太的にはその辺で牛丼でもかき込めれば充分なのだが、弓削が一緒ではそういうわけにもいかないだろう。

自分で支払えて、弓削に恥をかかせない場となると――うんうん考えて、陽太は休日に妹と一緒に見た情報番組のことを思い出した。

「あの、この辺にオムレツで有名な老舗の洋食屋さんがあるらしいです。そことか?」

陽太にとって普段使いできる値段の店ではないが、二人分ならぎりぎり払える。

「オムレツがいいのか?」

「はい。俺も妹も卵が好きで」

別の選択肢を与えないよう重ねて告げると、弓削は「そうか」と頷いた。

「それなら、いい店がある」

断る間もなくまた電話をされてしまう。勝手に別の店に予約を入れたようだ。

——まあでも、オムレツくらいなら、どの店でも値段はそこまでしないよね。

卵が好きというのは、まったくの嘘でもない。焼いてよし、なにかと一緒に炒めてもよし、貧乏暮らしの強い味方だ。

オムレツは一人分に使う卵の数が多いから、卵料理の中でも贅沢品といえる。未知のオムレツに出会えるのなら、それもまた楽しいだろうと車に乗り込み——連れて行かれたのは、豪奢(ごうしゃ)な白い洋館のような建物だった。

——迎賓館かな??

赤い絨毯が敷かれたドアの両脇には、お仕着せに身を包んだスタッフが立っていて、明らかにこちらをロックオンしている。

「あ、あの、おれ、ここはちょっと……」

「どうした？　腹が減ってるんだろう」

「こんな高そうなお店、おれ、払えないですから……！」

「俺が連れて来たんだから、俺が出すに決まってるだろう」

「そういう問題ではなく！」

こんな場違いなところで食事をしたって、味がわかる気がしない。

「おまえのことは、一ヶ月俺が買った。その間は言うことを聞いてもらう」

そう言われてしまえば、黙るしかない。陽太はすごすごと弓削のあとについて店に入る。

——うっわ。ドラマでしか見たことないやつ……！

そう思ったのは、ウエイターが椅子を引いてくれる行為だ。人が引いてくれた椅子にうまく座らなければいけないなんて、小学校の頃挑戦した大縄飛びと同じような緊張感がある。

弓削はもちろんスマートに座っている。なんならウエイターと二言三言会話を交わしてさえいる。

膝裏をぶつけながらなんとか腰を下ろしたときには、陽太は空腹もすっかり忘れるくらい疲弊しきっていた。

弓削があらかじめ告げていたらしく、ほどなくしてオムレツが運ばれてくる。それは陽太がイメージするオムレツよりもはるかにふわふわしている、いわゆるスフレタイプのオムレツだった。テーブルに置くウエイターの所作は完璧だったのに、それでもなお、ふるん、と震えている。

ふるんふるんなことをのぞけば、ごくシンプルな見た目だ。

良かった、これなら俺にもなんとか味がわかりそう。

どうせ弓削と自分の生活レベルは違いすぎるのだ。それなら、まだ理解の及ぶオムレツと言っておいてよかったといえる。

安堵したところで、ウエイターがスライサーを取り出した。

オムレツの上にかざすと、なにかいびつな塊（かたまり）をおもむろにスライスし始める。

木の破片のようなものがオムレツの上に降り積もる陽太の様子を不思議な気持ちで眺める陽太の視線に気がついたのか、ウエイターは「当店自慢のトリュフオムレツでございます」と口にした。

「ト……!?」

それは、なんだか、とてもお高いと噂の？

定期昇給とボーナス。それらと同じくらい自分の人生と無縁のものに、陽太は目を白黒させてしまう。オムレツにも階級があることを初めて知ってしまった。

「食べなさい」

弓削がそう促してくる。とても味などわかる気がしないが、契約相手がそう言うのだから仕方ない。陽太は恐る恐るオムレツを口に運んだ。

「……おい、しい」

ふわっとトリュフのものらしい香りを感じたかと思うと、卵が口の中でしゅわっととろける。咀嚼した記憶もないまま消えゆくと、後味には卵とバターとトリュフの香りが一体となって残された。

「えっ、美味しい！」

自分には、絶対にこんな高級なものの味はわからないと思っていた。けれどオムレツはそんな陽太のいじけた心を裏切って、ちゃんと美味しさを伝えてくる。

夢中でもうひと口、もうひと口と頬張ってしまい、ふと我に返る。

しまった。がっついてしまった。

弓削はさぞかし呆れていることだろう。恐る恐る視線を向けると、弓削は——微笑んでいた。

自分の手柄を誇るというよりは、ただただ、親鳥が雛を見守るような眼差し。

そこには、昨日初対面で感じた威圧感は欠片もない。ただでさえ整った顔立ちに笑みが乗ると、思わず見とれてしまう。単なる契約関係でしかないのに、なんでそんな嬉しそうな顔を——

訝しく思っていると、弓削はそんな陽太の視線に気がついたようで、なぜか気まずげに目を逸らした。

「気に入ったか」

「はい！　すっごく美味しいです。はるひにも食べさせてやりたい……！」

「——また、妹か」

「だって妹は今日も働いてるのに、おればっかりこんな贅沢して。ちょっと申し訳なくて……」

「……連れて来てやればいいだろう」

「無理ですよ。こんな高級な店。俺にはとてもとても」

顔の前で手を振ると、弓削は一瞬だけなにか考え込み、目配せした。壁際に控えていたウエイターが音もなくやってくる。

「オーナーを」

ウエイターはそれ以上のことを訊ねることもなく去っていく。

陽太は、これまたドラマみたいだ、と思った。料理を気に入った店で、お金持ちが「シェフを」ってやるやつ——と考えて、引っかかる。

オーナー？

普通はシェフだろう。それともシェフがオーナーを兼ねるお店なんだろうか。やがてウエイターが戻ってきて「申し訳ありません。生憎本日オーナーは不在にしておりまして」と詫びた。

「そうか。じゃあ申し訳ないが、あとで俺の秘書に電話してくれるよう伝えてもらえないか」

と、弓削はウエイターに名刺を渡す。

「わざわざ後日お料理を褒めるんですか？」

それも凄い話だと思いながら訊ねると、弓削は名刺入れを内ポケットにしまいながら事もなげに答えた。

「店を買う」

「は？　え？」

「俺の店になったら、顔パスにしておくから、いつでも気兼ねなく来ればいい」

——おれ、もしかしてやばい人と関わっちゃった？　お金に目が眩んだばっかりに。

結局あのあと、

「妹連れて来るんだったら、自分のお金でなんとかしますから！　弓削さんみたいなお金持ちの人にはわかんないかもしれないですけど、お店の人たちだって、そんな理由で突然経営者が変わったら迷惑です！」

と叫んで、なんとか突然の店ごと買収は阻止した陽太だ。そのあとの食事は、まったく味がわからなかった。

一方弓削は「なにがいけないのかわからない」という様子で、険しい表情のままずっと黙り込んでいる。

一日付き合えというのは、こうした金持ちぶりを見せつけて優越感にひたらせろ、ということだったのだろうか。お金持ち怖い。

陽太からすれば、ちょっと憤りを覚えるほどの格差だ。いくらなんでも、いきなり店を買収しようとするのは、強引で傲慢な気がする。

こんな人と、一ヶ月もプレイメイトとして付き合うのか——

お金のため、お金のためと最強呪文を唱えて堪えていると、次に連れて行かれたのは、とあるコンサートホールだった。

身なりを整えさせられたのは、ここが目的地だったからなのだと納得した。

しかし、これが半分仕事とはどういうことなのか。訝しく思っている間に「こっちだ」と急かされて観客席についた。

やがてヴァイオリンを携えた女性の演者が舞台に現れる。クラシックコンサートなど当然初めての陽太は、にわかに緊張してきた。

寝ちゃったらどうしよう。

せめて行儀よくしていようと姿勢を正したとき、舞台の上の女性がすっとヴァイオリンを構え、最初の音が響き渡った。

——うわ、
体の中心を貫かれるみたいな、鮮烈な音。

凄い。

曲名も、作曲家も、テクニックもなにもわからないのに、この音楽を浴びられることが嬉しいと、心臓が訴えかけてくる。寝ちゃうかも、などと考えたことがまるで嘘だったかのように、陽太は演奏に聴き入った。

「凄かったです。凄い、凄い、凄い――」

演奏が終わる頃には、陽太はすっかり夢心地だった。

貧しすぎる語彙で、感動のままくり返す。本当にいいものは、自分みたいな庶民の魂も揺さぶるのだ。弓削の気配からも、レストランを出たときの険しさは消えている。

新しいものに触れた興奮に包まれたままロビーに出ると「弓削社長！」と駆け寄ってくる人影があった。

ついさっきまで壇上でヴァイオリンを演奏していた、美しい女性ヴァイオリニストだ。

「来てくださってありがとうございます！　本当に、弓削社長のおかげです」

彼女の瞳は、涙で濡れていた。美女の涙なんて、それだけで陽太は圧倒されてしまうのに、弓削は悠然と相手をしている。

「とんでもない。あなたの実力でしょう」

弓削が、他の誰かを褒めている。なぜだかそれにもやもやとする。

美男美女のやりとりになんだか疎外感を覚え、陽太はあとずさった。とん、と誰かに背中が当たってしまう。

橋だ。彼はあらためて陽太を頭の先からつま先まで観察すると「見違えたね」と微笑んだ。

そういう橋こそ、白衣を脱いでスーツに身を包んでいると、モデルばりのたたずまいだ。弓削と同じ側の世界の人間、という感じがする。

おれだけ場違いだと陽太はますます小さくなった。橋は気にする様子もなく、気さくに話しかけてくる。

「空席を作らないように、僕も弓削に呼ばれましてね」

橋の話をまとめると、こういうことらしい。

今日演奏されたヴァイオリンは、世界に六百台しかない名器。しかし持ち主が財政難に陥り、オークションに出された。それを買ったのが弓削だ。

コレクターに買われてしまうと、再び手放すまでその楽器は表舞台に出てこなくなってしまう。だから弓削は誰よりも高値で落札し、若い演者にそれを無償で貸し出しているのだという。

「……無償で?」

橋が頷く。

「しかも表立っては弓削の名前も出さずに」

橘の視線に促され、ロビーに貼り出されたポスターに視線を移す。たしかに、どこにも弓削の名前や会社名らしきものは入っていなかった。

「金を持ってる奴はそれを世の中に回す義務があるって言ってね。ノブレス・オブリージュ――持つ者の務めなんて、今どき律儀なとこあるんですよ」

■■■

ドム性を舐めていた。

今日一日、陽太を連れ回してみてわかった。とにかく世話を焼きたいという欲求が次から次へと襲ってくるのだ。

「一ヶ月俺専属になるからには、身なりもちゃんとしてもらう」などというのはこじつけもいいところで、要はあのまま帰したくなかったのである。自分の見立てで、着飾らせたかった。

戸惑う顔も可愛ければ、感動する顔も可愛い。

ネクタイがうまく結べないのも可愛い。なにかを食べている姿も可愛い。

なんなら手ずから食べさせたいという衝動を押さえ込むのが大変だった。

どうしたら、暴力的なまでのこの衝動を消化できるのかわからない。

「ここにあるもの全部」

と告げたら、全力で「いらないです！」と拒否されてしまった。食事に入った店では、なんだかさらに怒らせてしまった。

コンサートのあとは機嫌も直っていたようだったが、なにを話したらいいかもわからずお互い無言で車に乗っている。

ただしスーツは「突然こんないい服着て帰ったら妹がびっくりするので」と言って、ホールのトイレで着替えてしまった。元々着ていた襟ぐりのすり切れたカットソーに身を包んだ彼は、あからさまにほっとした顔をしている。

俺が見立ててやったものより、そんなぼろぼろの服がいいのか。

くそ。

弓削は誰を罵ったらいいのかもわからないまま、胸の内でそう毒づく。なぜ今頃ドム性になど目覚めてしまったのだろう。

信号待ちでハンドルを指でとんとん叩いていると、陽太が口を開いた。

「……あの、今日はすみませんでした。お金持ちにはわからないみたいなこと、言ってしまって」

「いや、」

それだけ口にするのが精一杯だった。申し訳なさそうに言葉を選ぶ陽太の姿は、これまたドムの保護欲を刺激するものだったから。

「おれ、急に仕事なくなって、そのうえサブだって診断されて、本当に困ってたんです。でも、弓削さんだって急にドムだって言われて大変でしたよね。立場ある人なら、隠さないといけない相手だって、おれよりずっと多いし……」

労るような声音でそう言われると、突然、弓削の中にぐっとこみ上げてくるものがあった。

弓削の名を聞いたとたん、壁を作る多くの人々は、一度壁を作ればあとはもう自分の作り上げた壁しか見ない。

壁の向こうにいる人間は同じ人間ではないから、妬んだり僻んだり、悪意をぶつけたりしてもいいのだと、自分を正当化する。どうかすれば、金を持っている奴のことは問答無用で攻撃していいとすら思っている。

中等部での一件以来、弓削自身諦めていることだった。

なのに、こいつは。

信号待ちをしていたのに無理にUターンする。

——は、危険運転もいいところだ。

普段はこんな乱暴な運転は決してしない。木々の生い茂った公園を見つけ、その裏手で車を停めた。

「弓削さん？」

「今日の分のプレイを頼む」

「こ、ここで？」

戸惑う顔が可愛らしくて、衝動を抑えることができなかった。「世話を焼きたい」という穏やかなものとは明らかに別の衝動が、コマンドになって放たれる。

「〈黙れ（シャラップ）〉」

「――」

陽太の体に緊張が走り、強張（こわば）る。

だというのに、頬は薄桃色に上気して、瞳は潤んでいた。言葉にしなくとも、わかる。ドムとサブの間にだけ存在する、シンパシーで。

――プレイの始まりだ。

「――〈舐めろ（リック）〉」

命じると、陽太はシートベルトを外し、ゆっくりと弓削のほうへ体を伏せた。

弓削も協力し、スラックスの前をくつろげてやる。陽太はたどたどしい手つきで弓削を下着の中から取り出した。戸惑いが伝わってくるような手つきに、愛しさが増してしまう。きっと彼は、こんなことをするのも初めてなのだ。

「――昨日してやったようなことを、口でするんだ。舌を使って」

助け船を出してやると、陽太は小さく舌を出した。おっかなびっくり、としか形容しようがない様子で、ちろっと弓削の先端を舐める。

「……ッ」

微かな刺激がたまらなくよくて、弓削は息を呑む。

「……いい子だ。〈よくできた（グッドボーイ）〉」

陽太の髪を撫でてやると、喜びが伝わってきた。陽太にしっぽが生えていたなら、ふるふると振っていただろう。

陽太は励まされたように舌を使い始める。正直へたくそで、しかしそれがたまらない。

華奢な体そのままの小さな舌におぼつかない様子で舐め回されると、不似合いな声が出てしまいそうになり、弓削は必死で吐息をかみ殺した。

「咥（くわ）えて」

もうすっかり興奮しているのだろう。陽太はためらわずに固くなり始めた弓削を咥えた。浅くしか口に含めず、苦戦しているのがまた可愛い。

弓削は口淫を続ける陽太の髪に指を滑らせる。まっすぐで癖のない、赤ん坊のような髪の感触をてのひらで楽しんだ。

ともすればてのひらにすっぽりと収まってしまいそうな、小さく丸く形のいい頭――それから、耳たぶを摘んでやる。戯れに孔の中に指をさし入れると、無理な体勢を支えている腰がびくっと揺れた。

経験はほぼ皆無らしいが、これがなんの暗喩なのかはわかっているということだろう。

「――もっと喉を開いて」

小さな頭に手を添えて、上下させた。濡れた口内に、すっかり固くなった自分のものを深く押し込む。

「んんっ」

苦し気な声が漏れる。だが、本当の苦しみとは違うぎりぎりのラインが、弓削には見極められた。加虐と、プレイの入り交じった至高の点――

「ん、ん、ん、ん――」

淫らな水音がうるさく反響して、ここが狭い車内であることを意識する。

――露出の趣味はないはずだが。

いつ、誰にのぞかれるかわからない状況で、自分のサブに奉仕させている。

そのことが弓削の興奮をいっそう高めていった。水音にときおり混ざる陽太の「んっ」という声。嗚咽のようにも聞こえるが、ドムの弓削にはわかった。聞き取れた。

快感の音色が。

「――っ」

絶頂の気配を感じ、弓削は陽太の口から自身を引き抜いた。が、それまで従順だった陽太が、おそらくは本人の自覚もないまま微かに抵抗する。

愛撫にすっかり夢中になっているのだ。

自身をコントロールすることに長けている。その自負がある弓削だったが、このときばかりはできなかった。

噴き出した白濁が、今日買い与えてやったばかりの陽太の眼鏡を汚す。陽太は驚いたように固まっていたが、やがて、おずおずと訊ねた。弓削の放ったもので濡れた唇で。

「あの、おれ、うまくできました、か?」

「――ああ〈よくできた〉」

「よかった……」

精液まみれの顔で、へにゃっと安堵の笑みをこぼす。

経験豊富な弓削に言わせれば、へたくそな部類だった。

だがそれでもよかった。いや、それがよかった。

——挿入したわけでもないのに、今までしたどのSEXよりも、感じた。


半ば強引に奉仕させてしまったから、お返しの愛撫をと思ったのに、その必要はなかった。というかできなかった。

弓削の要求に応えて満足した陽太の目はとろんとして、酩酊（めいてい）状態に陥ってしまったからだ。思えば初回からスペースに入っていたから、よっぽど感度がいいらしい。

「おい、大丈夫か？」

揺すってみても、軽く頬を叩いてみても、一向に陽太の意識は浮上しない。そのまま寝入ってしまいそうになる彼からどうにか自宅の住所を聞き出して、ナビに入力する。

車を走らせてたどり着いたのは、民家が密集する下町だった。その一角にある、古ぼけたアパートが彼の自宅らしい。

「ほら、しっかりしろ」

くったりとする陽太の体をどうにかシートから引きはがし、背負う。背負われたことで安心したのか、陽太はいよいよ完全に眠りに落ちてしまった。

一階の一番奥、陽太の部屋に灯りがともっていた。色あせた押しボタンだけの玄関チャイムを鳴らすと、すぐにドアが開く。

「お兄ちゃん、おっそい！　もー、心配するで……」

飛び出してきた女性は、開口一番そう言って、弓削の姿を目に留めると、固まった。きょとんとしたその表情は、陽太によく似ている。

「相手を確認もせずいきなり開けるのはどうかと思いますよ。防犯上」

陽太に似た容姿に親しみを感じ、告げる言葉はつい説教臭くなった。

女性——はるひは、はっと我に返り「すみません」と謝ったあと、再び訝し気な表情になる。

「あの、あなたは……？」

「失礼しました。原くんに仕事でお世話になっている、弓削といいます」

嘘はついていない、と思う。

「お兄ちゃんがお世話……？　てか、お兄ちゃん!?」

はるひは、弓削に背負われたその姿にやっと気がつき、慌ただしく室内に招き入れる。サブスペースで、とはもちろん言えないから、酔って眠ってしまったのを送ってきたのだということにした。実際陽太はぐっすり眠ってしまっていて、布団を敷いて横にならせる間も、目覚める気配はまったくなかった。

「あの、お茶でも……」

言われ、少し躊躇する。

プレイメイトの、自宅。

そんなプライベートすぎる空間に長居するのはどうかと思われたからだ。しかしはるひは引き下がらなかった。

「私の仕事先の商品なんですけど、美味しいハーブティがあるんで！」

と熱心に勧められて、やむなく頷いてしまった。容姿は似たところのある兄妹だが、妹のほうが圧倒的に押しが強い。

建物は古いが、室内は掃除がよく行き届いていて、整頓されていた。はるひの趣味なのだろうか。

白やベージュといった柔らかい色調をベースに家具や小物を整えた部屋は、陽太のイメージにも合う。部屋は、キッチンと、畳の居間と、さっき陽太を運び込んだ部屋しかない。つまり1DK——

「いつもはお兄ちゃんは、こっちの部屋にお布団敷いて寝るんです。女の子だからって、私に部屋を譲ってくれて……」

不躾（ぶしつけ）にじろじろ見まわしたつもりはなかったが、弓削の視線からなんとなく感じ取ったのだろう。はるひがどこか申し訳なさそうに体をちぢこまらせる。

「お茶、どうですか」

「美味しいです」

「すみません、無理矢理言わせたみたいになって」

はるひは笑い、弓削もつられて笑った。明るく、気持ちのいい子だ。陽太がはるひ、はるひと言うだけのことはある――そう得心していると、はるひは不意に物憂げにまぶたを伏せた。

「お兄ちゃんのお友だちとかお仕事仲間の方に会うのって、私、初めてで。嬉しくてはしゃいじゃって、なんかすみません」

落ち着かない様子で、耳元の髪を何度も弄ぶ。

「お兄ちゃんは私にバイトばっかりで部活もさせてやれなかったっていつも言うんですけど、それを言ったらお兄ちゃんのほうがずっと我慢してるんですよね」

弓削はお茶に口をつけると、威圧的にならないよう注意しながら言葉を探した。

「我慢……というのとは、少し違うんじゃないかな。君を大切にしてる。とても」

今日だけで何度「はるひに食べさせたい」「はるひが心配する」と彼女の名前を聞かされたことか。

「それはもちろんそうなんですけど」

そんなことないです、と返ってくるかと思いきや、あっさりと応じるはるひが、弓削は不快ではなかった。

五つも年が離れた男女の兄妹なんて、きっとわかり合えないことも多いだろうに、二人の間には親密さから来る心地のいい雑さ、みたいなものがある。

陽太とそんな関係にあるはるひのことを、弓削は羨ましく思った。

「お兄ちゃんは、捨てられたときのこと覚えてるんだと思うんですよね。親に。——お兄ちゃん、弓削さんにうちの話ってしてます？」

はるひは気遣うように訊ねる。「施設に暮らしていたということは」と弓削が応じると、はるひはその先を続けた。

「うち、父親が先に蒸発して、そのあと母も出てって行方不明なんですけど、お母さんが出てったときお兄ちゃんは八歳で、私は三歳で……子供心に、自分がしっかりしなきゃって思っちゃったのかなって。三歳だったから、私は哀しかったかどうかも覚えてないのに、過保護なんですよね……お兄ちゃんて、ちょっと」

陽太の眠る部屋のほうへちらりと向けられた視線が、伏せられる。微かな違和感に弓削が瞬いた次の瞬間には、はるひはもう潑溂とした表情を取り戻していた。

「あの、弓削さん、いつまでも兄と仲良くしてやってくださいね！　他に、友だちもいない兄なんで！　ちょっと抜けてるけど、一生懸命なだけなんで！」

眼鏡を買い替える金も惜しんで尽くしている妹に〈抜けている〉などと評される陽太に同情を禁じ得ない弓削だ。

「ええ――知ってます」

誰よりも、と心の中でひとりごちた。

□□□

ま、間に合わない、かも。

陽太は携帯の時刻表示にちらりと目をやって、地下鉄の階段を二段飛ばしで駆け下りた。

今日は、はるひの友人たちと一緒にサプライズウェディングの打ち合わせをしてきたのだ。

なにしろ陽太は、結婚なんて今までただの一度も考えたことがない。未知の世界すぎて、いちいち説明を止めさせてしまったり、はるひの女友だちの「こうしたらいいんじゃない?」という案を精査したり、それに伴ってプランナーさんから提示される追加料金に目ん玉を飛び出させていたりなどしていたら、想像以上に時間がかかってしまった。とにかくなんでもかんでも金がかかる。

そりゃ、こんなのはるひひとりなら難しいよなあ……

だからこそ、自分が頑張らなければ。

鼻息荒くあらためて決意したところで、時間の流れは止まらない。

今日は再び弓削からプレイの予約が入っており、アンダー・ザ・ローズに向かっているのだが、遅刻寸前だった。

前回車内で口淫を命じられたときには、抵抗を感じもした。が、結局はサブである本能が勝って、最終的にはまたスペースに入って寝落ちしてしまった。そのまま家まで送り届けられたのだから、こちらがサービスを提供する側だというのに、失態もいいところだ。

だから今日は精一杯奉仕しようと意気込んでいたのに、いきなりの遅刻フラグ。

弓削は今唯一の顧客だ。ついさっき見た式の見積額を思えば、絶対に機嫌を損ねてはならない。目的の駅にたどり着いたとき、時間はかなりぎりぎりだった。

――こうなったら、近道するしか。

陽太は、思いきって進行ルートを変えた。

このまま人通りの多い表通りを行くよりも、裏道に入って、線路下をくぐる通路を使えば、大幅にショートカットできる。

その辺りは治安が悪いことで有名だ。はるひには「絶対に通るな」ときつく言いつけている。

しかし自分は仮にも男。それに今、背に腹は代えられない。いかがわし気な店が立ち並び、雑多なにおいの混ざる飲み屋街を抜け、くだんの地下通路にたどり着く。危険を冒しただけあって、かなり時間は短縮できたと思う。

その油断がよくなかったのかもしれない。

「遅れるって連絡しなくちゃ」と、走りながら連絡用に店から貸与されている携帯を取り出した拍子に、道行く人にぶつかってしまった。

「ってえー」

そのまま駆け抜けようとした陽太の足を止めさせたのは、大げさに上げられた声だった。わざとらしく引っぱる口調には、明らかに害意が乗っている。

「す、すみません、急いでて」

弁解するが、これは悪手だった。

「へえ」という声と共に、行く手に足を差し出された。まんまと引っかかって無様に転んだ陽太の鞄から、中身が転がり出る。——抑制剤の文字が入った、薬袋も。

ぶつかってしまった相手には、数人の連れがいて、あっという間に囲まれてしまった。

「お、なにこれ」

「抑制剤じゃね。こいつ、サブらしいぞ」

「へえ、俺初めて見た。——なあ、ドムの奴いなかったっけ」

集団の中から、一人が怠そうに出てくる。「見せもんじゃねえよ」と言いながら、その言葉には愉快そうな響きが乗っていた。

嫌な感じが、する。

無意識のうちに喉が鳴った。それを見透かしたように、男の口からコマンドが放たれる。

「――〈這え〉」

命じられて、寒気のようなものが走った。

往来でいきなりコマンドを放つのは、条例違反のはずだ。

嫌だ、と思った。弓削とのプレイは初めてでもこんなに嫌な感じはしなかった。あれが、安全でサブに配慮された環境だったのだと、思い知った。

頭では嫌だと思うものの、本能ではこの命に従いたいと思ってしまっている。

自分の心と体がばらばらの方向に向かおうとしている。引き裂かれそうな違和感に、吐き気がこみ上げてくる。

「もたもたすんなよ。〈伏せろ〉！」

仲間の手前、無理にでも言うことを聞かせたいのだろう。ケアもないままコマンドを重ねがけされ、陽太の胃はぐっと押しつぶされた。

その苦しみから身を守るには、膝をつき、這いつくばるしかない。

汚れた道路の上に伏せる陽太の様子に、取り囲んでいた男たちから、下卑た笑い声が浴びせかけられた。

「うわ、俺初めて見た。サブってまじこんななるんだ。奴隷じゃん」

「まあ、俺くらいのドムにならないと難しいけどな」

命じた男は満足げだ。陽太は絞り出した。

「もう、いいです、か？　おれ、もう行かなく、ちゃ」

つまらない自尊心を満たすために見世物になってやったのだから、もう充分ではないかと思った。

早く弓削のところに行かなければ。はるひのために、稼がなければ。

「なあ、奴隷がなんか言ってるけど」「おまえほんとはたいしたことないんじゃねえの」「うるせえな」そんなやりとりのあと、

「なあ——コマンドって、脱がせたりもできるんだろ」

と誰かが口にした。

ほんの一瞬訪れた沈黙を境にして、彼らのまとう空気が好色を帯びたものに変化する。伏せていてもそれがわかってしまった。

——冗談じゃない！

コマンドに背いて立ち上がって逃げようとすると、ぐん、とそこだけ重力がかかったかのよう

に体が重く沈む。無理をしようとすると、内臓を絞り上げられるような吐き気に襲われた。

サブだと診断されてから、初めて強く「嫌だ」と思った。

――幼少期の栄養不足のせいか、大きくはならなかった体。

それでも、陽太は男だった。

いつでも、はるひを守るため、強くあらねばと思ってきた。

コマンドひとつで、こんな奴らにいいように……

ぎりっと歯嚙みするが、体は言うことを聞かない。

「――脱」

下卑た声が下卑た欲求を形にしようとしたとき、低い声がそれをさえぎった。

「――俺のサブに、なにをしている？」

地べたにみっともなく倒れ込みながら見上げた先には――

「ゆげ、さん」

縄張りを侵した者を威嚇(いかく)する狼のように、殺気をまとった弓削が立っていた。

「ど、して、ここが」

「電話が一瞬だけつながって切れたから、橘にGPSで探させた。大丈夫か」

「なんだおま——」

「黙れ」

鋭い一言と共に、弓削が彼らを睨みつける。

それだけで、彼らのまとっていた好色な気配が一掃されたのを陽太は感じた。

特に、さっきまで陽太にコマンドを発していた男は、顔色を失っている。まるで、動物がより高位の獣に遭遇して萎縮しているようだった。

——これが、グレア？

アンダー・ザ・ローズに入店するとき、あらためて勉強した。

ドムには〈グレア〉と呼ばれる力がある。

グレアを発動した瞳で威圧されると、サブはもちろん下位のドムさえも威圧されると。

弓削のグレアは最上級で、本来なら影響を受けないはずのニュートラルたちも怯えている。さながら、弓削という狼一匹の前に尻尾を丸める飼い犬たちの群れだ。

弓削は高級スーツが汚れるのもかまわず地面に膝をつくと、陽太の肩を抱いた。男たちに向かって短く告げる。

「去れ」

弓削は陽太の膝裏に腕を差し入れて軽々と抱き上げると、咄嗟に動けずにいた男たちに、もう一度冷ややかに告げた。

「――去れ」


陽太の体はがくがくと震えていた。

嫌な汗がにじみ出て、内臓を引き絞られるような悪寒が消えない。無理矢理コマンドを使われたことによる、サブドロップ。コマンドに従うのはサブの本能のはずだが、なにか良くないものが体の中に入り込んでしまったような感覚がある。

そんな自分を、弓削が抱き上げたことだけは覚えている。やがてどうにかまぶたを押し上げたとき、目に入ったのは、店の天井ではなかった。

「こ……こは?」

「俺の部屋だ。体調が戻るまで休んでいけ」

脱がすぞ、と声をかけられ、シャツのボタンを外される。陽太は悪寒に喘ぎながら弓削の腕を摑んだ。

「あの、今日の分の、プレイを」

「ドロップに陥ってるんだぞ、おまえは」

「でも、弓削さんクラスのドムがさらに命じてくれれば、動くくらいはできると……サブってそういうものでしょう?」

はるひの式は、オプション料金の高さに目ん玉を飛び出させつつも、なんとかいいものにできそうだった。

それもこれもみんな、弓削が自分を買ってくれたからだ。そのうえイレギュラーにいろいろな物を買い与えてもらって、プレイなしというのは虫がよすぎると思う。

襲いくる眩暈に堪えながら、どうにかそういったことを告げると、なぜか弓削は押し黙った。

無言でシャツを脱がし終えると、どこからか持ってきたパジャマを着せられる。柔らかいガーゼ地でクリーム色のそのパジャマは、弓削の物にしてはずいぶん傾向が違う気がした。サイズも小さい。

誰か別の人の——もしかして、本当の恋人の？
だとしたら自分が着てしまっていいものなのか。といって自分で動く気力ももう残されていない。されるがままになっていると、弓削は自身も上着を脱ぎ始めた。
やっぱりプレイするのか——してくれるのか。
どくんと心臓が鳴って、自分の思考に自分で驚く。

してくれるって、なに？


下位のドムに無理矢理コマンドを使われたせいで、体も思考もおかしくなっているんだろうか。

今まで、もらっている金額の分、弓削を満足させたいという気持ちはあった。

でも「して欲しい」なんて自分から願ったことはなかったはずだ。

陽太が自分の感情に戸惑っているうちに、弓削は撫でつけた髪を手ぐしで乱暴に解くと、そのままベッドに入ってきた。背中から腕を回し、胸の中に陽太の体をすっぽりと抱き込む。

「今日はケアが優先だ。そもそも俺が呼び出さなければ、妙な輩にからまれることもなかっただろうし」

「でもおれ、プレイのために契約してるんですし」

陽太は言い募った。

「今日、はるひの友だちと、ホテルの人と、打ち合わせだったんです。つい熱が入って、約束の時間に遅れそうになって、それで、あの道、ちょっと治安が悪いって知ってたのに、使っちゃって……すみません、ご迷惑おかけして」

弓削がもう喋るな、と目で制してくる。陽太の体調を慮っているのだろう。気遣われると、余計にいたたまれなくなる。

「おかげで式はいいものになりそうです。だから、お礼にちゃんとプレイさせて欲しいです。……おれに差し出せるもの、それくらいしかないので……」

「おまえは、」

弓削のまとう気配が、一瞬鋭く尖る。ひっと怯えて、反射的に目を閉じる。

弓削さん怒ってる。おれがちゃんとプレイできる状態じゃないから――

どんな誹りも受けようと覚悟を決めたのに、弓削はしばらく無言だった。

やがて諦めのようなため息が聞こえたかと思うと、ぎゅっと乱暴に抱きしめられた。

「……俺が買ったんだから、どうしようと俺の勝手だろう。——寝ろ」

■■■

「ひっ」

高層階の広いカフェテリア――社員食堂に入ってきた社員が、次々とそう悲鳴を上げてあとずさる。

「社長、なんか荒れてね……？」

合理的であることをよしとする弓削は、取引先とのランチミーティングがないときには、昼食を社員食堂の数百円のうどんで済ますこともある。

それは社員も知っているが、問題はその様子だ。棘（とげ）のあるオーラを隠しもせずに発しながら顔の前で指を組み、血走った目で一点を見つめている。もしや本当は経営がうまくいっていないのかと、社員を不安にさせるレベル。

「社長が社員の士気下げてる」

聞き慣れた声に弓削が面を上げると、橘が食事の載ったトレーを手に、向かいの席に腰を下ろすところだった。

「カウンセリングいる？」

「――なんでおまえがここに」

「なんでって。お仕事ですー」

弓削は舌打ちした。橘とは産業医の契約も結んでいる。ここにいる正当な理由を与えているのは、他でもない、社長である自分だ。

「仕事が終わったらさっさと帰れ」

「これ食べたらね。ここの社食美味しいんだもん」

栄養バランスのとれた社食を取り入れたのも、橘の助言からだった。

栄養バランス。その言葉に、ひとりの青年の姿が脳裏に浮かぶ。


――あいつは、俺のサブは、今頃ちゃんとメシを喰っているだろうか。


「……この間、初めてグレアを使った」

弓削はそう呟いていた。もとより社員は遠巻きにしているから、聞かれる心配はない。

「へえ。あの子に?」

「違う。……他のドムにからまれてるところに遭遇して、そいつを威圧するためにだ」

「それはそれは相手の連中がご愁傷さま」

そもそも往来でグレアを出すのは条例違反だ。とはいえ、先に違反して陽太にちょっかいを出してきたのは相手のほうなのだから、弓削は容赦をしなかった。橘はきっとそんなことを察しているのだろう。

「結局のところ僕はニュートラルだからね。あれってどんな感じなの」

「わからん。ただ、俺のサブが襲われていると思ったら、勝手に――」

口にすると、橘はいったん手を止めた。「なんだ?」と問うと、無言で首を横に振り、デミグラスソースのかかったオムライスを口に運ぶ。

オムライス。

「……あいつは、ちゃんとメシは喰ってるだろうか」

ついに口から出てしまった。

痩せているのは一目瞭然だが、抱き上げて家まで運んだとき、羽のように軽かった。抱きしめて眠ったときだって、腕の中で折れてしまわないかと気を揉んだほどだ。

「卵が好きなんだそうだ」

「へえ。そういえば、養鶏場が直接経営してて、いい卵使ったパンケーキとオムレツが名物のカフェがあるって、うちの看護師さんが言ってたよ」

「そうか。次はそこに」

「でもすっごく並ぶんだって。二時間くらい」

「なら店ごと買」

言いかけて、はっと我に返る。

「……そんなことをしても、あいつは喜ばない」

この間食事をしたときだって、二言目には「はるひにも食べさせたい」「贅沢してはるひに悪い」と妹の話ばかりだったのだ。

それならいっそ妹の結婚式にかかる費用とやらを全額ぽんと出してやろうと思うのだが、おそらく、いやきっと、それが一番喜ばないだろう。

陽太はあくまで自分の犠牲で得た金で、はるひになにかしてやりたいのだ。

犠牲。

自分で思考した言葉が、なぜか引っかかる。

俺は、あいつに犠牲を強いているだろうか。いや、報酬を払って、当然のサービスを提供させているだけ——のはずだ。

「……食事をおごったり、ブランド物を買ってやったりする他に、なにをしたら人は喜ぶんだ?」

今まで弓削は男にも女にも困ったことはなかった。放っておいてもあちらから言い寄ってくるからだ。そしてそういう彼らは、弓削からなにかを与えられるたび、大いに喜んでいた。なのに陽太ときたら。

助言を求めたわけではない、ただの心の叫びだったのだが、橘はあからさまに渋面になった。

「ねえ待って。弓削って会って食事してなんか買ってあげてそのあとSEXするのがデートだと思ってる？　今まで全部そうだったの？」

「まさか」

弓削は即座に否定する。

「相手が望めば、連れて行く。映画だろうが芝居だろうが」

お互い、いい大人でも、あからさまにすべてをSEXの前座のようにこなしたことはないつもりだ。

弓削がそう続けると、橘はなぜだか余計に深刻な顔になった。すべてをちゃかさずにはいられない、飄々（ひょうひょう）としたいつもの様子とはずいぶん違う。

「だがあいつは、ただ妹が幸せになればって。妹、妹、そればっかりだぞ。この、俺が、目の前に」

「ストップ」

橘は弓削の眼前に手を上げて話をさえぎると、もう片方の手で額を押さえた。「ほんとに？」

「いやまさか」などとぶつぶつくり返したあと、やっと弓削を見て訊ねる。

「今日ずっと社員びびらすオーラ出してたの、それが原因なの？　俺のサブが、俺だけ見てくれないって拗ねて？」

「いや」

そんなことを考えていたわけではない。

ただ、あのとき。

自分以外のドムが陽太にコマンドを使ったとわかったとき。

怒りで目の前が赤く染まった気がした。

グレアの出し方など、それまで意識したこともなかったのに、ごく自然に放ってしまった。

自分以外のコマンドに従わされて、ドロップに陥っている姿には、こっちのほうがどうかしてしまったんじゃないかと思うほど胸が苦しかった。

だというのに、肝心の陽太は言ったのだ。

『でもおれ、プレイのために契約してるんですし』

と。

「……いや？」

これはいったい、どういう感情なんだ？

弓削自身は、自分はかなり自制のきく人間だと思ってきた。

自分がなにを望み、なんのために行動するのか、わかっているつもりだ。

そうでなければ、弓削の名前に引き寄せられてくる有象無象に押しつぶされてしまう。

だから、己を律することを心がけているのに、ここのところ自分でもわけのわからない衝動に突き動かされているのは確かだった。

ドム性というものが、こんなに厄介だとは思わなかった。

「幼稚すぎて口にするのも気が引けるけど——、もしかしてきみ、あの子のこと……本気で好き？」

なにをふざけたことを、と否定しようとして、面を上げる。

すかさずからかわれると思ったのに、そこにあったのは旧友の心底こちらを気遣うような眼差しだった。

長い付き合いの中で、こんな表情を向けられたことはない。

「……そう、なのか？」

漏れ出た呟きも「こっちが訊いてるんだよ」とまぜ返されたりはしない。ただ無言で頷かれるだけだ。哀(あわ)れむような表情は、いつもの芝居がかったものではなく――

弓削の耳が、発火しそうなほど熱を持つ。

嘘だろう。

金で買った相手を、この俺が、本気で？

□□□

その夜、原家では、

「お兄ちゃん、どっちにする？」

と、はるひが個包装された大ぶりのクッキーをてのひらに載せていた。

取引先の人から結婚祝いにとちょっといいお菓子をもらったのだそうだ。「そんなに親しいわけでもないのに、みんなやさしいよねえ」とはるひは言うが、それをこうして兄に惜しみなく分けてくれるはるひもやさしい。

はるひは、来月にはここを出て結婚相手と一緒に暮らすことになっている。つまりこんなやりとりができるのもあと少しだ。

「はるひが好きなほう取って。おれは残りでいいから」

「……お兄ちゃん、いつもそれ」

はるひは不満げに頬を膨らますが、そんな顔も可愛い。

「選んでる間におれお茶いれるよ。クッキーに合いそう」

陽太が席を立つと「そういえばそのお茶、弓削さんにもお出ししたのよ。お兄ちゃんを運んできてくれたとき」と背中に声をかけられ、手元が狂った。ポットに注いだつもりの湯が、指先を直撃する。

「あっつ……！」

「ちょ、お兄ちゃん、だいじょぶ!?」

はるひの言う「この間」が車の中でプレイした日だと結びついたら、動揺してしまった。

どうも自分はプレイ後の酩酊状態に陥りやすいらしい。どうやって運ばれたのか、まったく記憶にない。

もちろん弓削とはるひがどんなやりとりをしたのかもわからなかった。それとなく探りを入れても、はるひは「内緒」と言うだけで詳しくは教えてくれない。

その次はその次で、挽回をしようと急いでいたばかりに、結局また余計な手間をかけさせた。

しかも今度はドロップに陥って、自宅というプライベート空間で介抱までさせてしまったのだ。

これは明らかにプレイメイト失格ではないかと思う。

『寝ろ』

あの一言は、コマンドであると同時に、労り(いたわ)に満ちていた。

ドムサブの関係において、サブのケアはドムにとっても喜びである。それは頭では理解しているものの、自分たちは正式なパートナーではない。これでは明らかに弓削の負担のほうが大きい。社長として忙しい中、ドム性を発散させるためにやむなく契約を交わしているのに。

あの翌日目覚めると、寝入ったときとは反対に、弓削の腕の中に抱き込まれていた。

どうやらそれが就寝時のスタイルらしく、下着一枚の姿だったから、胸板が目の前にあってぎょっとしたものだ。

よく眠っている様子なのに、弓削の腕は力強く、腕の中から抜け出せない。すると自然と鎖骨の下の痣に目が行った。

ちょっと、蝶々みたいだ。

意識すると、自分の背の痣の部分が熱を持ったような気がした。痣は、あれ以来消えることなく残っている。いったいこれがなんなのか、まだ詳細は不明だが、ちょうど対になるような場所にあると思うのは気のせいだろうか。

「お兄ちゃん？　ちゃんと冷やした？」

はるひの言葉で我に返る。

どうして、会っていないときにもこんなに弓削のことを考えてしまうんだろう。

アンダー・ザ・ローズは、橘曰く〈客もキャストもよく事情を飲み込んだ〉店だ。パートナーとして振る舞うのは、プレイ中だけ。

そこをわきまえなければ、キャスト失格だ。

プレイすることでお金がもらえて、体調も安定する。

その美味しさに目が眩んで登録しただけなのに。

『——俺のサブに、なにをしている？』

店の外なのに、弓削はそう口にした。

プレイ中でもなかったのに、あの瞬間、体中の細胞が歓喜で弾んだ。

無理矢理使われたコマンドで、ドロップに陥っていたのに、より深部が——魂に近い部分が、弓削の声に応じて震えたのだ。


これが、サブであるということ。

あの瞬間まで、陽太は自分がサブであることをまだよくわかっていなかった気がする。

突然発症した、厄介な病のようなもの。そのあとは、金を稼ぐ手段。状況に対応するのが精一杯で、自分のこととして受け止めきれていなかった。

あのときまでに、弓削としたプレイはたった二回。そのどちらも、プレイ後はとても満たされた。医師である橋の言う通り、プレイはサブにとってもいいことなのだ、とは思ったものの、それ以上ではなかった。

けれど。

『俺の』

整いすぎた美貌のせいで、ただでさえ酷薄な印象を与える弓削が、怒りの感情を露にしてそう告げたとき、畏怖と同時に強い快感に飲み込まれて——

「——っ」

陽太は息を呑んだ。記憶の中でさえ鋭い弓削の眼差し。これ以上思い出したら、体があらぬ熱を持ってしまいそうだった。すぐそばにはるひがいるというのに。

おれ、どうしちゃったんだろう。

あと少しの間しか味わえない、はるひとの貴重な時間だというのに、頭に浮かぶのは弓削のことばかりだ。

弓削のグレアを目の当たりにして、そのあと介抱もしてもらって、サブ性が強く開いたままになっているのかもしれない。

そう結論づけ、陽太は指を冷やしていた水を止めた。あらためて、手ではなくカップに注いだお茶を食後のテーブルまで運ぶ。

そのとき、テーブルの上に置きっぱなしにしていた携帯が震えた。

表示されたメッセージの送信者は、弓削。

名前を見ただけで心臓が跳ね、トレーを持つ手元がまた狂う。カップから跳ね上がった熱いお茶が、再び陽太の指を濡らした。

「あ、あつ、あっつ……！」

〈今夜二十一時、アンダー・ザ・ローズで〉

弓削からのメッセージは簡単なものだった。店に着くと、弓削はもう部屋に入っていると聞かされる。慌てて着替えた。

久し振りに〈プレイのための部屋〉に入るのは、なんだか奇妙な感じだ。

「失礼します」

「――ああ」

心なしか、弓削もまた微かに緊張をまとっている気がした。

キャストは、ドムになにを命じられてもいいように、立って待つのが基本だ。

しかし弓削はなかなかコマンドを発しなかった。ただベッドに腰を下ろし、両手を顎の前で組み合わせ、なにごとか考え込んでいる。沈黙がいたたまれなくなって、陽太は耳元の髪を所在なくいじった。

「その手、どうした？」

さっきまで押し黙っていた弓削が、陽太の指先に巻かれた絆創膏に目を止める。ベッドから立ち上がり、陽太の手首を摑んだ。

「ちょっと、お湯で」

冷やすのをおざなりにしたせいで、結局水ぶくれになった。それを潰したところに絆創膏を巻いたのだ。

「ぶつけるとちょっと痛いので念のため貼っただけで、全然、大きな怪我とかじゃないんです」

そう説明した瞬間、「そうか」と呟いた弓削の肩から力が抜けるのを見た気がした。

気のせいだよなと思った次の瞬間、指先が熱を感じる。

弓削が、傷ついた陽太の指先に、労るような口づけを落としていた。

「――よかった」

呟くと、絆創膏の上からそっと撫でる。

自分も子供の頃、はるひが怪我をすると、その箇所を撫でてやった。

かわいそうに。早く治りますように。痕が残りませんように——同じように親密に扱われているのだと思うと、なぜか胸が苦しくなる。

陽太は、反射的に弓削の手を払ってしまっていた。

契約で結ばれた関係でしかないはずなのに、そんなふうに扱われると、困る。

こんな扱いには慣れていない。いつも自分は、はるひを守る側で——

弓削が一瞬固まった気がした。

その表情を目にするとなぜか胸が痛んで、陽太は俯いた。

「あの、今夜中には帰りたいので、早くプレイを」

この間は連絡なしで弓削の家に泊まってしまった。

はるひが心配するから、今日はきちんと帰るつもりだ。そう説明すると、弓削は「わかった」と頷いた。

頷いた弓削の表情が曇ったような気がしたが、そう見えたのはわずかな間のことで、弓削はベッドに上がるとコマンドを発する。

「〈来い〉」

久し振りに正面から告げられるコマンドは、それだけで陽太をぞくぞくとさせた。

ドムは凄い。一言命じただけで、この場の空気を支配する。

陽太はベッドに乗った。〈脱げ(ストリップ)〉のコマンドでベストとシャツを脱ぐ。弓削は王侯貴族のようにベッドヘッドに体を預け、陽太が従うのを見ていた。ソックス留めだけの姿になったところで、「自分で乳首を触って」と告げられた。

「え……」

「〈早く(ハリアップ)〉」

鋭く放たれたコマンドに射貫(いぬ)かれ、びくっと体が震えてしまう。

陽太は膝立ちになり、恐る恐る自分の乳首を自分で摘んだ。弓削の視線が注がれているのを感じる。そんなところを自分で触ったことなどもちろんない陽太だ。

戸惑いながらも、小さな果実を指先で摘む。

「あ、……っ」

声が漏れ出てしまうのは、慣れない刺激のせいというよりは、弓削の視線が手に取るようにわかるからだった。

視線というものにも、質量がある。そんなこと、初めて知った。

初めてプレイしたあの日のように、触ってもいない下肢が早くもむくりと頭をもたげてしまう。

「あっ、あっ……」

じわじわと血液がそこに快楽を運んでいく感覚に我慢ができず、手を伸ばそうとしたとき、

「〈やめろ（ストップ）〉」とコマンドが飛んだ。

「――今日は乳首だけでいくんだ」

「……っ」

自分の淫らな欲望の一部始終を見られていたという羞恥と、命じられた内容に息を呑む。

ひどい、と思うのに、すべてを掌握されている事実が嬉しい。ぞくぞくと初めての感覚がせり上がってくる。

一方で、下肢に快感の源泉を抱えたまま胸の愛撫を続けるというのは、ひどくもどかしいものだった。

強いコマンドでなくとも、ドムの発言はサブに対して影響力を持つ。

爆発寸前の下肢を感じながら、達することは許されない。それでいて、その状態が気持ちよくもある。

苦しい。出したい。でもずっとこのままでもいたい――そんな気持ちが波のように寄せては返す。

「んっ、んっ、んっ」

たどたどしいながらも続けていると、どんなふうに愛撫したら自分が感じるのか、わかってくる。弓削の視線が導くといったほうが正しいだろうか。言葉を放たなくても、どのように行動することを求められているのか、わかってしまう。

てのひらを背に添えて、親指だけで乳首を愛撫する。ぷっくりと屹立してきたそれを、今度は人差し指も使って摘む。

そんな恥ずかしい姿の一部始終を見られているのがたまらない。

それでも達するのには足りなくて、快感と羞恥の涙で顔がぐちゃぐちゃに濡れたときだった。

「〈見ろ（ルック）〉」

声に導かれて面を上げる。彫刻のような弓削の容姿に強い欲情の色が乗り、凄みが増している。恐怖を感じるほどなのに、命じられているせいで目が逸らせない。


弓削は陽太を眼差しで射貫いたまま不敵な笑みを浮かべると、舌なめずりして見せた。


「――ッ！」

その瞬間、触れられてもいないのに、たしかに触れられていた。弓削の肉厚で巧みな舌に。

その濡れた感触に——

「あっ、あ、あっ、うそ」

制御できないほど体が震え、それまで堰き止めていたものが一気に放たれる。

いつの間にか腹を打つほどにそそり立っていた自身の雄から、勢いよく飛び出すものを止めることができない。

自身の白濁で汚れていく陽太を、弓削がじっと見つめているのだけを感じた。

弓削は指一本触れていないというのに、まるで弓削の手で絞り出されたかのようだ。

ぐったりとする陽太の指に、弓削が再び口づけを落とす。

「怪我をしてるのに、無理をさせたな」

無理なんて。本当にこんな怪我たいしたことない。今まで神様から受けた仕打ちに比べれば。

記憶の中の父は、母に暴力を振るっていた。

父が出て行ったとき、悲しみよりもほっとした気持ちのほうが大きかった。これで悪者はいなくなって、お母さんと静かに暮らせる。そう思った矢先、母もまた出て行ってしまった。「はるひをよろしくね」とだけ残して。

施設には恵まれていたと思うが、それは陽太がはるひを守るためにいい子でいたからだ。施設出だということでいじめられないために、学校では目立たないように過ごした。高校に進学してからは、奨学金の申請を通すために、問題を起こさないよう注意して過ごした。

ただ生きることを得るために、いろんな人に頭を下げた。

やっと社会に出て、はるひと暮らせるようになったら、その暮らしを守るために頭を下げた。非正規雇用の立場は弱い。少しでも相手に不満を抱かせたら、簡単に代えがきく。常に誰かの顔色をうかがいながら生きてきた。ひっそりと、身を隠すようにして。

こんなふうにあられもない自分を晒したことは、ただの一度もない。

さらけ出しても、やさしく扱ってくれることがあるなんて、知らない。

知らなかった。サブに目覚めて、ドムの弓削に出会う前の自分は。

津波のように胸に押し寄せるものがある。快感からのものではない涙で最後の一押しがあふれて、頬を伝う。

「――」

弓削がその涙を唇で吸った。

「いい子だ」

やさしく囁かれ、陽太はまたスペースに入る。

思考がふわふわとする。上下も前後もなく、雲の上を歩いているような。なんて気持ちがいい。

そして、自由だ。

命じられたわけでもないのに、陽太は弓削の唇に自分の唇を重ねていた。

「……っ」

一瞬弓削が息を呑み、しかしすぐに応えてくる。

まるで仔猫同士のじゃれ合いのように音を立て、唇をついばむ。

やがて舌が入り込み、陽太は初めての感触に震えながら、自らの舌をからめた。

さっき、触れもせずに自分を絶頂に導いた舌は、獰猛(どうもう)な獣のように陽太の口腔を蹂躙(じゅうりん)する。

「ん……っ」

飲み下しきれない唾液が口の端からこぼれ落ち、首筋を伝わり落ちる。その感触にさえ感じてしまい、喉が鳴る。

気持ちいい。

この先もしたい。もっとしたい——もっとかわいがられたい。

まるで陽太のそんな言葉が聞こえたかのように、弓削が激しく陽太の体を抱き寄せた。ぐっと固い熱を押し当ててくる。

ああ、くれるの？　これをおれに？　うれしい。うれしい。うれしい。

生きるために堰き止めていた感情が決壊して、あふれ出す。

「大好き」

二人きりの世界が、ぱちんと弾けた。

■■■

弓削は出社して以来、一度も部屋から出ずに黙々と書類仕事をこなしていた。日頃書類仕事はどうしても滞りがちだ。秘書はきっと大喜びだろう。

昨夜。

『大好き』

陽太がそう口にしたとき、アンクレットに電流が走って、弓削は我に返った。

アンダー・ザ・ローズは、あくまで富裕層が健康維持のために利用する秘密クラブだ。

——挿入はしない、と契約を結んでいたのに。

そもそも、体調はずっと安定していた。だからあの日、陽太を呼び出す必要は本来ならなかった。なのにどうしていきなり呼び出してしまったかといえば。

――会いたい気持ちを止められなかった。

誰かに会いたくてたまらなくなるなんて、初めての経験だ。

一夜限りの相手も、仕事相手も、ほとんどが向こうから会いたいと言ってくる。

あの日の陽太は、気のせいかいつもより熱心に自分のコマンドに応え、スペースに入っていた。完全に自分とのプレイに酔い、陶然（とうぜん）としていた。その姿を目にしたら、我慢がきかなかった。これは客とキャストの領分を明らかに越えていると、わかっていながら。

ドムサブの関係において、コマンドを命じるのはドムだが、決定権を持つのはサブだ。サブから受容されることでしか、ドムは本当の意味では満たされない。

弓削の人生は、生まれたときから利害関係に満ちていた。恋愛にも友情にも、まず弓削の名前がついて回る。

誰かに正直な欲望をぶつけ、それを受容される。ただ無垢に愛されること、信じられること。それだけのことがひどく難しい。自分は仲間だと思っていたのに、実は線引きされていた中等部時代のように。

そのうえドムだなんて、面倒なものを背負い込んだものだと思っていた。

だが、陽太とのプレイは、そういったしがらみから弓削を解き放ってくれた。

欲望を口にするという行為を、ためらわなくてもいいのだ。それこそがドムとサブの絆を深くするのだから。

だからつい、先走った。スペースに入ったサブは、いつも以上に無防備になるという。だからそれ以上無理強いするのは倫理にもとることだと、わかっていたのに。

壁面いっぱいの窓から眼下に広がるビル群を見下ろして、ため息をつく。

こんなところに上り詰めたところで、本当に欲しいものひとつ手に入らない。

そのとき、携帯が鳴った。

あいつから——そう思って咄嗟に出てしまってから、自分の失態に気がついた。陽太との連絡に使っていた携帯は、逃げるように契約解除した際、店に返却した。この携帯に連絡があるわけがないのだ。

出てしまった電話の相手は、祖父だった。こちらの都合も確認せずに一方的に話し始める。携帯を耳から遠く離して、弓削は額を押さえた。

適当に聞き流して切るつもりでいたが、突然どうでもよくなった。

どうせもう、彼は手に入らない。それなら。

「――いい方がいれば、してもいいです。見合い」

□□□

「はるひ、おめでとう〜！」

「綺麗だよはるひ〜！」

抜けるような青空に、祝福の声が吸い込まれていく。純白のドレスに身を包んだはるひは、戸惑った様子ながらも笑顔でそれを受け取っている。


ホテルの庭でのガーデンウェディング。特に親しい友人や職場の人を招いた人前式だ。証人たちの前で新郎とキスしたときには、兄として複雑な心境になったものの、そのあと宙に舞っていくバルーンの中で微笑むはるひは、本当に幸せそうだった。

誓いの儀式が終わり、芝生の上に出された白いテーブルセットに軽食が並べられる。おのおの適当に摘みながら話に花が咲いている様子を見て、陽太の胸には「淋しいけど、やり遂げた」という気持ちがあった。

一方で、胸の中はすっきり快晴とはいかない。

突然呼び出されたあの日、陽太が受付からの電話で目覚めると、弓削の姿はすでに室内になかった。

――おれ、またスペースに入って、寝落ちしちゃったんだ。

時計を見ると、まだぎりぎり終電に間に合う時刻だ。慌てて身支度し、部屋の鍵や備品を受付に戻す。

駆け出そうとしたところで、従業員に呼び止められた。

「支払い明細、早めにサイトにログインして確認しておいてくださいね。額が額なので」

なんのことだろう、と思った。明細が出るのは、弓削との契約が満了する月末ではないのか。

そう訊ねると、従業員はにっこり微笑む。

「事情が変わったそうで、急遽解約されていかれました。でも、お金は満額いただきましたから。最初がいいお客様でよかったですね」

弓削はアンダー・ザ・ローズを退会したのだという。

当然だが、連絡用の携帯も店に返却していったから、陽太から連絡を取る手段はない。そうこうするうちに、忙しくなった式の準備に追われて今日まで悶々(もんもん)としたまま来てしまった。

「お兄ちゃん」

気がつくと、はるひが歓談の輪から離れて目の前に立っていた。

「今日はありがとう」

潤んだ瞳で告げられて、陽太は無言でかぶりを振った。口を開いたら、自分のほうが泣いてしまいそうだったからだ。

弓削の件は気になるが、今日はこのよき日を祝福することに集中しよう。陽太は気持ちを切り替える。

が、花嫁は、一転して険しい顔になった。

「けど私、怒ってるから」

「――へ？」

「こういうの、もうこれで終わりにしてね」

見返りを求めていたわけではない。わけではないが、ここは「今までありがとう」と泣き崩れるところではないのだろうか。そして自分は、妹と最後の抱擁（ほうよう）を――

「って、え？」

あまりの言葉に、陽太は再び訊ね返してしまった。涙もどこかに吹っ飛んでしまい、ただただ呆然(ほうぜん)とする陽太に、はるひは容赦なく続ける。

「式はしなくていいって私ちゃんと言ったよね？　もちろん、一生懸命考えてくれたのは嬉しいけど……しなくていいって言ったのはフリじゃなくて、本心だから！　お兄ちゃん、はるひの話ちゃんと聞いてないのかなって、哀しくもなるよ」

はるひは拗ねた口調で、幼い頃のように自分で自分をはるひと呼んだ。

「お兄ちゃんは、はるひのためはるひのためって言うけど、それ、ほんとは、いつもちょっとつらかった」

「つらい……？」

晴れの日らしからぬ言葉に、訊ね返す声が震えてしまう。

「お兄ちゃんがはるひのためって言うとき――ごめんね、はるひにはお兄ちゃんがずるしてるみたいに思えちゃうときがあって」

ずる――その言葉は、子供じみた響きと裏腹に、陽太に殴られたような衝撃を与えた。

はるひは落ち着かない手つきで耳元の髪をいじろうとし、今日はベールと一緒にまとめられていることに気がついたようだった。結局、両手の指を所在なさげに組み合わせる。

「はるひのためって言ってる間は、自分で考えなくていい――自分のつらさと向き合わなくて済むからかなって、思っちゃって……」

はるひの目に、光るものがあった。涙だ。さっきまでずっと楽しげにしていたのに。

「はるひ、それは……」

違う、と言いたかった。

けれど言えなかった。かろうじて立っているけれど、心の中で陽太はすでに膝をついている。

はるひの言葉が、あまりにも的確に陽太が長年見ないようにしてきた部分を抉ったからだ。

「お兄ちゃんを責めてるわけじゃなくて」

「もちろん、わかってる。おれこそ、はるひがそんなふうに思ってたなんて、気がつかなくて、ごめん」

「そういうとこだってば！」

ウェディングドレス姿だというのに、はるひは子供のように地団駄を踏んだ。

「そうやって、自分が全部飲み込んじゃえばいいみたいなとこがやなの！」

参列者は兄妹が最後の別れを惜しんでいると思ってくれているようで、遠巻きにしている。

しかしはるひは、聞かれていようがいまいがかまわないといった様子だった。――長い間言いたくても言えなかったことをすべて打ち明けてしまおうと、腹をくっている。そんな様子に見えた。

「はるひ知ってるよ、お兄ちゃん別にプログラミングとか好きでもなんでもないけど、手に職つ

けなきゃって、そっちの学校に進んでくれたでしょ？　なんか食べるときもそう。おれはいいから、はるひがいいほうにしてって。……そういうの、はるひを自分のこと諦める理由に使われてるみたいで、いつもちょっとつらかった。はるひに部活させられなくて、友だちを作る機会を奪ってごめんってお兄ちゃんいつも言ってたけど、はるひお兄ちゃんより友だち多いから！　そんな心配いらないよ」

呆然と立ち尽くす陽太を、はるひは涙に濡れた瞳でまっすぐに見据える。

「お兄ちゃんこそ、もっとちゃんと自分の幸せと向き合って欲しいの」

そこまでひと息に告げると、はるひはずずっと鼻水をすすった。

「お話は以上です」

「あ、はい」

まだ涙で潤んだ瞳に圧倒されて、それしか応えられない。

よし、と気合いを入れて仲間たちのもとへ戻ろうとするはるひはしかし、ぴたりと足を止めた。

まだなにか、と怯む陽太にとどめの一発を放つ。

「お兄ちゃんのことだから、私がお兄ちゃんのためにさっさと嫁に行くと思ってるんだろうけど、違うからね！　私はちゃんと私のために考えて、私のために幸せになるんだから！」

陽太はガーデンパーティの場をふらふらと抜け出していた。

奮発した一流ホテルの庭は広く、喧噪はすぐ遠くなる。

ショックだった。はるひがあんなふうに思っていたなんて。

おれは、自分の幸せと向き合うことから逃げている？

はるひのためと言っておけば、考えなくて済む？

……そうかもしれない。

すべてはるひのためにしておけば、頑張れたから。……自分を諦める理由ができたから。

母親は『はるひをよろしくね』とだけ残して消えた。

それから、はるひを守ることだけが自分の目標になった。

他になにも欲しいものはない。そう思っていれば、それが手に入らなくても傷つかなくて済むからだ。自分の心が折れないように、守っていられるからだ。

はるひが感謝してくれていることは感じる。すべてを責めているわけではない。

不甲斐(ふがい)ない兄に、自分がいなくても、これからは自分のために生きろと言ってくれているのだと。

それはわかるが、では、なにが自分の幸福なのだろうと考えると、なんなのかはわからなかった。

人のために自分を犠牲にすることはいくらでもできる。

でも、自分と向き合って幸せにするって、どういうことなんだろう。わからない。――最後の最後まで、親にも気にかけられなかった自分には。

あてもなく彷徨っていると、いつの間にかパーティーの行われているイングリッシュガーデンとは反対側の、日本庭園に足を踏み入れていた。

ふと、視界の隅をカラフルな色がかすめる。松の木に、水色の風船がひとつ。どうやら、はるひの式で飛ばしたものがからまっているようだ。

――自然に還る素材が使われてるって聞いてるけど、回収しておくか。

庭に設けられた小径をたどり、引っかかっている木まで向かう。幸い、そう高い枝ではなく、小柄な陽太でもなんとか救い出せた。

ほっとして、かたわらに東屋があることに気がついた。

この庭園もまた、ホテルの売りのひとつだ。散策途中に休憩するためのものだろう。今も誰か中に座っているらしく「お料理美味しかった」などと会話が聞こえてくる。相槌を打つ声は聞き取れないが、人がいる気配から察するに、ランチを終えた男女だろうか。このホテルは料理が自慢で、記念日のデートに利用するカップルも多い。打ち合わせの際聞いたそんな話を思い出した。

せっかくのデート中に、ファンシーな風船を手にうろちょろする風采の上がらない男に遭遇させてしまうのは、申し訳ない気がする。

そそくさと立ち去ろうとしたとき、陽太の耳は女性の声を再び拾ってしまった。

「ね、弓削さん」

聞き覚えのある名に体が反応してしまう。反射的に振り返ると、庭石に足を取られた。

「わ、と、――」

間抜けな声に、東屋から人が出てくる。

驚いた顔を見せたのは、間違いなく弓削その人だった。

どうして急に解約したんですか。なにか気に障ることしてしまいましたか——問いたいことはたくさんあったはずなのに、いざ本人を目の前にすると、言葉が出てこない。

ただ、ひとつの線で結ばれてしまったかのように、視線を逸らすことができない。

弓削も同じように無言で、ただじっと見つめ合っていると、東屋から女性が姿を見せた。

「どうしたの、弓削さん。——お知り合い？」

品のいいワンピースに、長い黒髪の女性だ。陽太はこの世ではるひが一番可愛いと思っているが、妹とは真逆の方向の美しさを持つ女性だった。可愛いというよりは美しく、大人っぽい。

つまり、弓削の隣にしっくりくるような。


弓削さんの、恋人？


普段の弓削は、こういうところで、こういう女性とデートをするのが当たり前なのだ。急にドム性に目覚めて、発散のために店を利用しただけなのだから。

——そうだ。店を利用してたことも、知られないほうが。

すぐに立ち去ろうとしたところで、ふたりの顔を交互にうかがっていた女性は「ああ」となにかを察したように呟く。

「もしかして、あなたが弓削さんのサブ？」

陽太は、自身の血の気が引いていく音を聞いた。

知られている。やはり、近しい恋人にはなにかがわかってしまうものなのだろうか。思えばドロップに陥ったときには、弓削の部屋で介抱されたのだ。そのとき、なにか痕跡を残してしまっただろうか。そういえば、弓削のものにしては違和感のあるパジャマを借りた。あれは、この人の。

逃げなきゃ、と思った。

会釈のひとつでもして、さっさと立ち去れば、今ならまだうやむやにできる。

——だめだ。

咄嗟に浮かんだ考えを、頭の中で打ち消す。

——弓削さんが、好きでお店を利用してたんじゃないこと、伝えてあげなくちゃ。それを証言できるのは自分だけ。もう契約は打ち切られたとはいえ、せめてそれくらいは役に立ちたい。弓削さんのおかげで立派な式ができたんだから。

陽太は逃げ出したい気持ちをぐっと抑え、彼女に向き直った。

「あの、おれはただのプレイメイトで、その契約も終わってるんで、あなたが不快に思うようなことはもうなんにもないんです」

自分でそう口にしながら、心のどこかが哀しくざわつくような気がした。陽太はそれを無視して言葉を探す。

ずっと人とぶつからないように生きてきた。面と向かって意見を言うのは怖い。

それでも、なんとか弓削を擁護しなければ。

「弓削さんは最初ちょっととっつきにくかったけど、おれに服とか、たくさん買ってくれて」

ああ違う。こんなこと言ってどうするんだ、ばか。

頭の中のごく一部、まだ微かに冷静さを保っている部分が咎めてくるが、唇は完全に制御を離れてしまっている。

「他のドムにからまれたときも、助けてくれて、看病までしてくれて……それで……それで……とにかく、いい人なので、弓削さんを、よろしくお願いします！」

選挙の応援演説のように――それも応援になったのかは怪しい――なってしまった。

とにかく「失礼します！」と頭を下げて、その場をあとにした。

頭を下げた勢いが強すぎたせいで、くらくらする。どっちに向かったらいいのかわからないまま、陽太は庭園の中に逃げ込んだ。頬が灼けるように熱い。

失敗した。やらかした。なんで見ず知らずの人にいきなり、あんなこと。

おれの言葉なんか、なんの意味も持たないのに。こんなことなら、さっさと立ち去ったほうが何倍もましだった。

闇雲に庭を彷徨っていると、しばらくして「待て」と声が追いかけてきた。

陽太は咄嗟にしゃがみ込み、植え込みの陰に身を隠す。元華族の邸を転用したという、このホテルの庭は広い。いったんここでやり過ごして、あとはそっと抜け出せば——

「陽太」

秒で見つかってしまった。

「ど、どうして」

「どうしてっておまえ……」

弓削の視線の先を追えば、ぷかっと水色の風船が浮かんでいる。

ずっと紐を握りしめていたことを、すっかり忘れていた。これで走ってきたのなら、ずっと目印を掲げていたようなものだったろう。

「……」

諦めの境地で、のそのそと植え込みの陰から這い出る。

「その正装——今日、ここでだったんだな。妹さんの式」

「このたびはおめでとうございます」とかしこまった口調で告げられ、陽太も「ありがとうございます」と返す。

「妹さんのそばにいなくていいのか」

訊ねられて陽太の胸に浮かんだのは、なぜかいらだちだった。身内の式でホテルにいながらひとりでふらふらしている相手には、当然の質問なのに、だ。

「弓削さんは、彼女さんをほったらかしにしていいんですか」

訊ね返した言葉に棘が乗って、自分で驚いてしまう。慌てて別の言葉を探した。

「そ、そうだ、おれ、あの人のパジャマ借りてしまって」

「いや、彼女は——パジャマ？」

なんのことか心底わからないといった様子で、弓削が首を傾げる。

「サブドロップを起こして部屋に運んでいただいたときに着せてもらった、クリーム色の」

「あ、これは」

弓削がやっと思い出した様子で、言葉を詰まらせる。彼にしては珍しい。さすがに、契約プレイメイトに恋人のパジャマを貸すなんて、褒められた行為ではないと気がついたのだろう。

「新しい物買って返しますね」

次のプレイのときにと言いかけて、飲み込む。

——次なんて、もうないんだった。

「橘先生にお預けします」

どうにかそれだけ告げて、じゃあ、と背を向けようとしたとき、弓削の声が引き留めた。

「あれは——おまえのために、買った」

「え……？」

「おまえのために買ったんだ。似合うだろうと考えたときにはもう手に取っていた。でも、おまえは理由のないプレゼントなんて喜ばないだろうと、置きっぱなしにしていた。それがちょうど役に立って」

ぽつぽつと語る弓削は、まるでなにかを咎められることを恐れている子供のように見えた。

彼は自分よりずっと立派な立場のある人間で、しかもドムなのに。

「もしよかったら、あらためてもらってくれ。……橘に預けておけばいいか？」

恐る恐るといった体で訊ねてくる弓削に、陽太は疑問を口にしていた。

「どうしてそんなことするんですか？」

そんなつもりはなかったのに、責めるような響きが乗ってしまう。

ずっと感じていたもやもやが形になってしまったことに戸惑う。戸惑うのに、一度決壊した感情は、留まることなくあふれ出した。

「俺との契約を勝手に解消したのは、弓削さんなのに」

はっきりと形になってしまった問いを口にしたとたん、弓削が鋭く面を上げる。

「あれは、おまえが、セーフワードを口にしたからだろう？」

「え……？」

「セーフワードだ。この間のプレイのとき、〈大好き〉とおまえは。だから俺はプレイをやめた」

「え、え……!?」

信じられない。自分がスペースに入ったときの酩酊が深いほうだとは思っていたが、まさか無自覚のままそんなことを口走っていたなんて。

一方的に解約された、なんてもやもやしていたが、なんのことはない、弓削は紳士的な態度でルールに則ったただけだったのだ。

耳までかっと熱くなる。

「す、すみません、おれ、スペースに入るととろんとして……ほとんど記憶がないんです……」

「――なんだと？」

弓削の片眉がぴくりと上がり、陽太は小さな体をますます縮こめる。

「セーフワードを言った自覚もなかったです。そうとも知らずに、勝手にへそを曲げて……」

「へそを曲げる？」

弓削が、陽太の失言を拾った。

「それは、契約解消が不満だったということか？　金はちゃんと満額払ったのに、どうして？」

「それは……」

答えに窮する。

いや、本当は自分の中にある答えに気がついていて、目を逸らしているのだ。

勝手に関係を清算されて、悲しかった。

はるひの式の準備をしながら、その気持ちは陽太の胸の一部を常に塞いでいた。とにかく今は式の準備に集中しないと、と自分を奮い立たせて――逃避して――どうにか持ちこたえていたのだ。

――けど。

さっき、他の人間と親しげにする弓削を見たとき、とても嫌だった。そして気がついてしまった。

解消されたくなかったのだと。

弓削こそが、自分の欲しいものなのだと。

でもそれを口にするのは怖い。

今までは「妹のため」という鎧（よろい）があった。はるひの言う通り、その呪文を唱えていれば、自分はなにも求めなくていい。踏み出さなくていい。手に入れられなかったときのことを考えて、震えなくても。

でももう、その鎧はない。

どうしたらいいのかわからずに、ひたすら唇を引き結ぶ。風が木々の枝を揺らすざわざわとした音が自分の胸のうちに呼応しているようで、陽太は耳を塞ぎたくなった。

やがて、弓削がふうとため息を漏らす。

「……俺は、ショックだった。ドムとしてサブにセーフワードを言わせてしまったというショックもあるが、なによりおまえに拒まれたことが。ドムサブの主導権は実はサブにあるという話を、あれほど実感したことはそれまでなかった。だから契約も解除した。あの一回だけやめればいいという話ではないと思ったんだ。……もう、俺にとってはただのプレイメイトではないと、自覚していたから」

「さっきの彼女は、見合いの相手だ」と弓削は続けた。

「――じゃあ、戻らないと！」

やっぱり大事な席の邪魔をしてしまったのだ。顔色を変える陽太に、弓削は苦笑して首を振ってみせる。

「せっかくよろしくお願いしてくれたのに申し訳ないが、丁重に断りを入れてきた」

「あ、あれは」

自分の支離滅裂な言動を思い出し、陽太は赤面する。穴がなくとも自分で掘りたい。いっそ叫んで恥ずかしさを紛らわせたいくらいだが、弓削が物憂げにまぶたを伏せたことに気がついて、口をつぐんだ。

「……俺たちみたいな家の者同士は、恋愛感情がなくたって結婚できるし、むしろそれが普通だ。だから自分だってそうできると思ったんだが、だめだったな。なんてタイミングで現れるんだ、俺のサブは」

『俺のサブ』

その言葉を耳にした瞬間、心臓をきゅうっと引き絞られるような痛みが襲った。

喉の渇きを限界まで我慢して水を口にしたときのように、痛みを伴いながら、なにかが体中にしみ渡っていく。

「あのセーフワードが本心じゃないというのなら、もう遠慮はしない」

遠慮しない、という言葉そのままに、弓削は陽太を強く抱き寄せた。

「ちょ……!」

木々に囲まれているとはいえ、誰が見ているかわからない屋外だ。逃げようと身をよじった陽太は、密着した弓削の鼓動を感じて息を呑んだ。

この激しい鼓動は、本当に弓削のものなんだろうか。

まるで——自分と同じくらい、不安そうにどきどき波打っているこれは。

「——俺の、本当のパートナーになってくれ」

「は、い」

頷くと、弓削はまるで子供のように微笑んで、陽太の指先に口づけをする。火傷がもう治ったのかを確かめるように。そのくすぐったさに、気遣いに、胸がいっぱいになる。

陽太の手を離れた風船が、晴れた空に吸い込まれていった。

弓削はそのまま陽太をホテル内に連れて行くと、フロントになにやら目配せした。

それだけで制服のホテルマンがすっと先に立ち、一般客が使うものとは別のエレベーターまで案内する。深々とした礼で見送られ、たどり着いたのは最上階のスイートルームだった。

部屋に入るなり、唇を奪われる。

「はあ……」

喘いで逃げると、させまいと抱きしめられる。

揉み合っているうちにくるりと位置を入れ替えられ、ドアに背を押しつけられてしまった。逃げ場はない。

思えば、陽太に肉体の悦(よろこ)びを一から教えたのも弓削だった。片足をからませて、昂(たか)ぶりを激しく擦り合せてしまう。

もつれ合うようにして寝室に向かう。その途中で服は全部剝ぎ取られてしまった。ベッドの中に潜(もぐ)り込んで隠そうとするが、コマンドが放たれる。

「〈仰向けになれ(ロール)〉」

陽太は仰向けに寝転んだ。一糸まとわぬ姿で弓削に隅々まで視姦される。

そうされたかったのだと陽太は思った。陽太のドムは、陽太の願望を見落とさない。

「〈いい子だ(グッドボーイ)〉」

ケアの言葉を告げられると、満足感に包まれる。その余韻にひたっていると、突然、弓削の吐息が近づいてきた——胸元に。

ぬるりとした感触が、乳首を包む。

「あ……っ！」

そんなところを口に含まれるのはもちろん初めてのことだった。

けれど、快感のある場所だということは知っている。他でもない弓削とのプレイで開発されたからだ。

けれど、こんなにも強すぎる快感なのだとは、予想していない。

「や、や、や」

巧みに舐めしゃぶられるたび、為す術もなく声を上げることしかできない。弓削はぴんと張り詰めた陽太の乳首の根元を摘むと、さらに先端をぐりぐりと舌先で刺激した。

「ああ……！」

自分で施すのとは桁違いの強い快感が襲って、陽太の薄い背が反る。そんなあがきも、がっちり陽太をまたぐようにしている弓削には通用しない。

まるで肉を貪る獣のようにひちゃひちゃと高い水音を立てられると、恥ずかしさで死にそうになった。

「あ、あ、ああ――ッ」

またしても乳首への愛撫だけで達してしまった。目の前が真っ白になる。「いい子だ」という弓削の声で飛んだ意識を引き戻されたとき、陽太は躰の異変に気がついた。

確かに達して、一瞬気が遠くなるほどの感覚を味わったのに、下肢が汚れていない。まだ噴出しそうでできない熱が、そこにわだかまっていた。

「空イキももうマスターしてるとは、陽太は凄いな」

弓削の言っていることはわからないが、褒められるのは嬉しい。うっとりと目を細めていると、

「〈伏せ〉」

と命じられた。うつ伏せになると、すっかり敏感に育て上げられた乳首がこすれ、甘く苦しい快感を呼んだ。

腰を高く上げさせられる。

「――〈プレゼント〉」

初日にも命じられたコマンドだ。意味は、《全部晒せ》。

プレゼントは、応じる状況で意味が変わる。あのときは仰向けだった。今は――

「……」

取るべき行動はわかっているし、応じたいとも思う。けれどひどく恥ずかしい。

だって、そここそ誰にも見せたことのない場所だ。

男同士で抱き合うときはそこを使うのだという知識はあるが、いざ自分がその立場になると、

羞恥がある。

けれどやっぱり、この声に応じたい。

陽太はおずおずと自らの双丘に手をかけると、左右に押し広げた。

「——いい子だ」

声のする場所がおかしい。思った次の瞬間には、ぬらりとそこを舐め上げられていた。

「ひぁ……！」

腰が逃げる。が、弓削の手はがっちりと双丘を摑んではなさない。それどころか、舌先はくり返しそこを舐め、ついには中にまで入り込んできた。

「あ……!!」

快感よりは、驚きのほうが大きい。

「そ、んな、とこ、だめです、汚い……！」

「汚くなんかない。むしろ綺麗だよ。鮮やかなピンクだ」

悪びれない弓削の声がどこから聞こえてくるのか、考えるだけで死にたいほど恥ずかしくなって、陽太はシーツを必死に握りしめた。

「ん～～～！」

弓削の舌が、生き物のようにそこを出入りするたび、ひちゃ、ひちゃ、と淫らな水音がする。陽太の蕾(つぼみ)はまだ固く、侵入を拒む。笑みを含んだ弓削の吐息がそこをくすぐる。まるで拒まれることさえ愉(たの)しむように。

「あっ、いや……！」

中にさし入れた舌を、くにくにに動かされる。そのたびたまらない快感が走る。陽太はただ「いやです」とくり返すことしかできない。

「あっ、あっ、あっ」

諦めて快感を受け容れたとき、まるでそれを見透かしたかのように、愛撫が止んだ。

再び仰向けに体を返され、ぐっと両足を持ち上げられた。でんぐり返しのような姿勢だ。もちろん、すべてが弓削の前に晒されている。

――は、恥ずかしすぎる……！

思わず目を閉じるが、弓削の「〈見ろ〉」というコマンドが鋭く飛んだ。

いつの間にかまた快感の涙を流していたから、視界はぼんやりとしている。

力なくまぶたを押し上げると、弓削の満足げな顔と――自分のあられもないところが目に入る。

恥ずかしくてたまらないのに、ごくり、と喉が鳴ってしまった。

恥ずかしい格好を見ろと言われて、快感を覚えてしまうなんて、自分が自分の知らない生き物になってしまったかのようで、怖い。

「ほら……綺麗なピンクだろう」

広げながら意地悪く囁かれると、ひどく恥ずかしい。

そして——ひどく、気持ちよかった。

「〈見ろ〉」と再びのコマンド。

弓削が舌を突き出して、けれど触れてはくれない様子が目に入った。

滴った唾液が敏感なそこに触れただけで、震えてしまうのに。

「——〈言え〉」

すべてを見透かしたようなコマンドが、飛ぶ。

「さ……きみたいにしてください」

「さっき?」

どうにか絞り出したのに、弓削は意地悪く笑う。その先までちゃんと口にしろ、という笑みだ。

「な、中まで、ぐちゃぐちゃに、舐め回して……!」

「いい子だ」

言葉と共に頭を撫でられ、陽太の胸には幸福感が広がる。自分の欲しいものを欲しいと口にしても笑われない。裏切られない。——おれのドムには。

それだけで恍惚（こうこつ）としてしまう。もちろんそれだけで愛撫が終わるはずもなく、弓削はいっそう激しくそこを舌で犯した。

「あっ、あっ、ああ」

「気持ちいいか？　これが好きだな？」

「す、好き。気持ちいい。これ好き」

言ってしまってから、慌てて口元を押さえる。なんてはしたないことを口走っているのか自分は。けれど弓削は笑みを含んだ声で「〈言ってごらん〉」と囁く。ひどくやさしく響くコマンドだった。

「いやらしいことも恥ずかしいことも、俺の前では全部言っていい。なにひとつ我慢するな。俺も、気持よくなってるおまえを見るのが、たまらなく好きなんだ」

弓削は柔らかくなった陽太のそこを指で広げる。広げてさらに舌をねじ込む。たっぷりの唾液に導かれて、舌は生き物のように出入りしては、陽太に甘い悲鳴を上げさせる。

「あっ、それ、気持ちいい、好き、もっとして……」

あられもなく嬌声を上げ、みっともないはずなのに、陽太の心が感じているものは、かつてないほどの解放感だった。

「――〈見ろ〉」

再び命じられて恍惚から目覚めると、弓削のそそり立つものが陽太の快楽の入り口にあてがわれていた。

ごくり、と喉が鳴る。これまでの経験で、男同士の行為に偏見はなくなっていても、やはり多少の恐怖はある。

弓削は、もう手を添えなくとも刃物のように固く形を保っているそれを、唾液で濡れた陽太の後孔にこすりつけた。

陽太の瞳を見つめたまま、腰を前後に動かす。先走りがぬちゃりと音を立て、陽太は震えた。

弓削が汗で乱れた髪をかき上げる。吐き出す息が、情欲で湿っているのが陽太にもわかった。

ほんの一ヶ月前まで――弓削と知り合う前までは、情欲なんて言葉とは無縁だったのに、今はわかるのだ。弓削がなにを挑発しているのか。

自分がなにを欲しているのか。

「〈言え〉」と望んだコマンドが囁かれた。

「どんなにいやらしい言葉でもかまわない。俺はそれが嬉しいから」

本当だろうか、という疑いはもうない。

「挿れて――弓削さんをおれの中に挿れて、もっと気持よくして」

生まれて初めて、欲しいものを欲しいとちゃんと言えた。


「――っ！」

ずん、としか表現しようのない衝撃で、弓削のものが分け入ってくる。舌と指とで充分にほぐされたそこは、きついながらも弓削のものを受け容れた。受け容れて、まとわりつく。まるでその形を確かめるように。

「――大丈夫そうか？」

「わ……かんない、です、ただ」

「ただ？」

「……おれの中、弓削さんでいっぱいで……凄く……嬉しい……、あっ」

恍惚としながら応じると、中にいる弓削がいっそう質量を増した気がした。

「あっ、な、なんで？」

「なんでもくそもあるか」

クソ、と弓削は口汚く呟く。

しかし、乱れた前髪の下に見え隠れする表情は、なんだか照れているようでもある。

弓削はふう、と息を吐き、顔を上げる。その頃にはもう、いつもの不敵な表情を取り戻していた。

「〈見ろ〉」

短く告げたかと思うと、ゆっくりと楔（くさび）を引き抜く。みっちりと喰（は）み合った肉が引きずり出されると、苦しいだけではなく、確かに快感が襲った。鞘（さや）から引き抜かれた弓削の剣は、ぬらぬらと赤く濡れていた。陽太の視線が釘付けになっているのを確認するかのように、今度はゆっくりと沈めていく。

やがてその間隔が、徐々に短くなる。

「あっ、あっ、あっ」

初めて感じる、激しすぎる快感に、陽太は声を上げ続けた。

意識の飛びそうな快感の中で、何度も〈いい子だ〉〈よく言えた〉と囁かれた。そのたびに快感は増し、閉ざされていた扉が開け放たれる感じがした。

いつの間にか、またスペースに入っていたらしい。

眠りの淵からどうにか浮上してまぶたを押し上げると、弓削がタオルで体を拭いてくれていた。温かいから、一度お湯で濡らして絞ったのだろう。細やかな配慮に胸がじんわり温かくなる。初めて会ったときには、住む世界の違う、なんだか怖い人かと思っていたのに。

弓削はタオルを片付けると再びベッドに入ってきて、陽太の体を抱き寄せた。陽太がうとうとしていることに気がついたようだ。

「悪い。起こしたな。初めてなのに、無理させた」

どこかつらいところはないか、と囁かれる言葉に、瞬きだけで応じる。

「……今日、妹に、おれは自分の幸せと向き合ってないって言われちゃったんです」

ぽそぽそと話し始める陽太の肩を、弓削の手がやさしく撫でる。続きを話してもいいと許されているようで、心地よい。

「……振り返ってみると、そうだったかもしれないって。妹のために頑張るのは楽だった。難しいことを、諦める理由ができるから……」

高三のとき、専門学校に進むという陽太に、他の道を勧めてくれる教師もいた。道はひとつじゃない。よく考えてみなさいと。でもそれを断ったのは自分だ。

自分の本当に欲しいものを求めてしまって、それが手に入らなかったら？

立ち直れないほどに、傷つくことが怖かった。

「……でも、弓削さんに出会って、欲しいものも、恥ずかしいことも、全部言っていいんだって、許してもらえて、おれ……」

「幸せです」という言葉に、口づけが重なる。

「俺もだ」

橘は自室でくつろぎながらノートパソコンを広げ、資料を当たっていた。弓削と陽太の痣についてだ。

専門外だし、見たところ重篤(じゅうとく)な症状はなさそうだし「まあ弓削だし」で、ついつい先送りになってしまっていた。今日、弓削から「陽太と正式にパートナーになった」と連絡があって、その存在を思い出したのだ。

かつては多数いたダイナミクス(第二性)研究者だが、あまり利益に結びつかないとして、今ではすっかり減っている。軽く調べたくらいでは、参考になりそうな情報は出てこなかった。

「ん、これか?」

しばらく粘って、やっと海外の大学の古い論文アーカイブに行き当たる。

「……〈ベターハーフ〉?」

ドムとサブのパートナー関係は、基本、特別な拘束力はない。解消も自由だ。

それだけに、完全にしっくりくる相手を見つけるのは難しいようだった。そもそも、性格や性的嗜好の問題と切り離しが難しく、ベストなパートナー条件などの統計立った研究はされてこなかった。

だが、たどり着いた論文には、〈ベターハーフ〉という、運命的な出会いを果たすドムサブのパートナーについてが、まとめられていた。

お互いの心の隙間を完全に埋め合わせられる関係。そんなドムサブが出会うと、体にはある特徴が現れる。その現象は非常に稀なため、それを模して始まったのが、首輪を贈り合うという行為なのではないかと考えられる。やがてベターハーフは忘れ去られ、首輪だけが残った――

「……」

ふたりの胸と背中に浮かんだ、あれは。

橘は携帯を手に取った。論文のＰＤＦを添付したメッセージを送信しようとし――、その手を止めた。

「ま、いまさら野暮か」

橘と弓削は親同士が知り合いで、幼稚園からの付き合いだ。当然、中等部での一件も知っている。

あれ以来、友人は人との深い付き合いを避けるようになった。

若くして数年で企業を大きくした男だが、あれで自分よりよほど繊細なところがある。もちろんそんなことは口が裂けても本人には言わないが。

そんな彼が恋愛で取り乱す姿は、新鮮だったし、微笑ましくもあった。

失っていた青春のやり直しみたいなものだ。結果的にはよかったのではないかと思う。

――大体、大人なんだから僕にわざわざ報告してこなくったっていいんだよね。威嚇？

自分の所有物アピール、ばりばり。

すでにそんな調子なのだ。あまり調子に乗らせなくともいいだろう。

論文の代わりに〈最新！　今食べるべきオムレツ　高級店から昔ながらの洋食店まで〉という記事のURLを貼り、メールを送信する。

「僕ってできる友人だなあ」と満足して、眠りについた。

セーフワード改定会議

「セーフワードを決め直さないか？」

と弓削が言い出したのは、正式に恋人兼パートナーになってすぐの、日曜のことだった。

「セーフワード？」

弓削の部屋の広いリビングに置かれた高そうなコーナーソファに落ち着かない気持ちで腰掛けながら、陽太は訊ねる。向かい側で、弓削が長い足を組んだ。

「今のは、店で決められたものだろう」

「あ……そうか」

『大好き』――それが二人の間のセーフワードだ。

「忘れてたって顔だな。あれのせいで余計なすれ違いが起きたのに」

「すみません。だっておれ、弓削さんにされて嫌なこととかないし……」

記憶を探り探り伝えると、弓削は不意に険しい顔になる。

「――」

「弓削さん？」

「なんでもない。ちょっと心臓が止まるかと思っただけだ」

「なんでもなくないじゃないですか！」

大丈夫なんだろうか。陽太の心配をよそに、弓削は「とにかく」と話を続けた。

「セーフワードの設定は必須だ。俺はまだドム性が目覚めたばかりだから、うまくコントロールできないときもあるかもしれないし……」

「弓削さんに限って、そんなことないですよ」

陽太は本心からそう言ったのだが、弓削は「だめだ。サブを守るために重要なことだからな」と、頑として聞かない。陽太の隣に移動してくると、手にしたタブレットをのぞき込んだ。おそらく、政府発行のガイドラインを開いているのだろう。

「ほら、国も関係性が進むにつれてセーフワードを見直すことを推奨している」

――関係性が進むって、あらためて考えると凄いフレーズだ。

「どうかしたか？」

「いいえっ」

陽太はぷるぷると首を振った。弓削は真剣にサブである陽太の身を案じてくれているのに、ちょっと不埒（ふらち）なことを考えてしまった。

「なにか希望は？」

そう言われると、考え込んでしまう。

「うーん……わかりやすいのがいいですかね。おれ、弓削さんとプレイしてるとすぐふわっとしちゃって、なにも考えられなくなっちゃうから……」

「――」

なんの返答もないことに気がついて面を上げると、弓削はなにかを堪(こら)えるような、神妙な顔をしていた。

「どうかしましたか？」

「いいや。――ちょっと心臓が聞いたことのない音を立てただけだ」

本当に大丈夫なんだろうか。

それからあれこれと調べて、結局ごく一般的に使われることが多い〈レッド(やめて)〉を採用することにした。

なにしろお互い属性が目覚めたのがつい最近のことだから、なにもかもが手探りだ。弓削のような普段なんでもできる男と一緒にタブレットをのぞき込んで、ああでもないこうでもないと頭をひねるのは、なんだかちょっと対等な関係になったようで楽しくもある。

「〈イエロー〉っていうのもあるんですね。意味は〈続行可能だけど手加減して〉。へえ……」

「その下にもまだあるな」

いつの間にか胸に陽太を抱き込むようにしていた弓削が、背後から画面をスクロールさせた。

「〈グリーン〉。意味は――〈もっとして〉」

低く艶のある声が、耳をくすぐる。陽太は思わず身じろいだ。

――いやいや、弓削さんはサイトに書いてあること読み上げてるだけだから。

耳たぶがおかしな具合に熱を持つ。こんなことで感じてしまっているのが恥ずかしい。

「あ、な、なんか喉渇いたな。お水もらって――」

いいですか、まで言い終わる前に、弓削はふっと苦笑すると、立ち上がろうとした陽太の手からタブレットを奪った。ローテーブルの上に置き直し、陽太の顎(あご)に手を添える。

「〈見ろ(ルック)〉」

やさしく、囁くようなコマンド。陽太は弓削を見つめた。

いつも知的な色を湛(たた)えている瞳がふっと緩み「〈いい子だ(グッドボーイ)〉」と囁いてくれる。

たったそれだけのやりとりなのに、陽太の中には深い満足感が広がっていった。

……あ。

弓削とのプレイは、すぐこんなふうに心地よくなってしまう。

とろんと目を閉じる。弓削の気配が近くなり、唇が重なる。

ついばむようなやさしいキス。

ごく軽い口づけなのに、痺れるような陶酔(とうすい)感がある。弓削は陽太が早くもうっとりとしていることに気がつくと、微(かす)かに笑いを漏らした。

「もう、セーフワードは変わったぞ」

「……と、言います、と？」

意味深な瞳に見つめられ、どぎまぎしながら訊ねると、弓削は陽太の体を膝の上に抱え上げた。

「わ――」

「もういつでも言っていいってことだろう？　例の言葉を」

陽太の指先に口づけながら、弓削はこちらを上目遣いに見る。意外に長い睫に縁取られた切長の目は妙に艶っぽい。自分とは正反対の男の色気に、陽太は胸を詰まらせた。

『大好き』

もういつでも気兼ねなく言えるようになったその言葉。

だが、あらためてさあ言ってくださいと言われると、恥ずかしさが先に立つ。

ためらっている間にも、弓削が指先に口づけを落とすちゅっという微かな音が、広いリビングに響いていく。

どうも弓削は、ドム性の中でも保護欲が強く目覚めるタイプだったらしい。正式なパートナーになってから、二人きりでいるとこんなふうにあからさまに好意を示してくる。

もちろん嬉しいんだけど――

弓削と出会うまでの人生で、恋愛的な意味での愛をほとんど受け取ってこなかった陽太には、少々刺激が強すぎる。

なにもできず固まっていると、弓削は陽太の指先を口に含んだ。

「ん……っ」

弓削の口腔(こうこう)は、その冷ややかな風貌とは裏腹に熱を持っていた。

ゆ、指なんて、普段は意識したことないのに……っ！

弓削の濡れた舌で舐めしゃぶられると、たちまち性感帯になってしまうから不思議だ。

指先から背骨まで導火線がつながっているかのように甘い痺れが走って、陽太はもぞっと両足をすり合わせた。なにしろ膝の上に抱えられた格好だ。当然、それは弓削に伝わってしまう。

快感の涙でにじむ視界の隅で、弓削の唇が薄く笑みを刷(は)いたのがわかった。

は、恥ず……っ！

かっと顔が熱を持って、今にも爆発してしまいそうだ。弓削は、おかまいなしに陽太の耳たぶを口に含んだ。

「ひゃ……っ！」

びくん、と体が跳ねる。弓削はますます愉快そうに陽太の耳たぶを唇で弄(もてあそ)び、甘噛みし、舌をさし入れた。

「んん……っ！」

くちゅ、と濡れた音を立てられるともうだめで、陽太は足をばたつかせて身悶(みもだ)える。弓削はその膝裏に手を添えて、流れるように陽太を押し倒した。

「言ってくれないのか……？」

耳元で囁かれる言葉はからかっているようでもあり、どこか拗(す)ねているようでもある。滅多(めった)に見せないそんな弓削の表情に、陽太の胸はぎゅうっと引き絞られた。

「――」

恥ずかしいけど――そんなに求められるなら。

覚悟を決めて大きく息を吸い込む。

「だ……」

ピンポーン

どうにか絞り出そうとした言葉を遮ったのは、インターホンのチャイム音だった。

「えっと……」

「……無視していい」

ピンポーン、ピンポーン、ピンポーン――

まるで、弓削の不機嫌そうな呟きを聞いていたかのように、チャイムは何度も鳴り響く。

「…………………」

弓削は不承不承といった体で陽太を膝から下ろすと、眉根をぎゅっと寄せ、いらだたしげに乱れた前髪をかき上げた。はあ、とため息をつきながら、インターホンに応じる。

「はい。――ああ、お願いします」

意外にも、弓削の声はすぐに穏やかなものに変わった。しばらくして現れたのは、配送業者だ。

「すみません、宅配ボックスに入りきらなくて」

「いえ、こちらこそたくさんすみません」

そんなやりとりが聞こえてくる。じっとしているのも落ち着かず、陽太は荷物を運び入れるのを手伝った。届いた段ボールは、十個近くもある。

――相変わらず、豪快な買い物っぷりだなあ。

苦笑しつつ手を動かしていると、一番小さな箱を見つけた弓削の顔が、ふとほころんだ。

「喉が渇いたんだったな。お茶にしよう」

弓削は片付けもそこそこにキッチンに向かう。普段あまりキッチンを使わないようだ。アイランド型のそこは、まるで備え付けたばかりのようにぴかぴかで、生活感がない。見たところ、炊飯器すらないようだった。弓削は自炊などしないのだろう。唯一使われている形跡のある電気ケトルで湯を沸かし、お茶をいれてきてくれる。

「どうぞ」

ん、とやさしく促され、陽太はマグカップに口をつけた。

——あれ？

香りといい味といい、妙に慣れ親しんだこの感じ。

「これ、うちでいつも飲んでるやつ……？」

どうやら先ほど届いた一番小さな箱の中身は、このお茶だったようだ。

「ああ。以前お邪魔したとき、妹さんが出してくれて。気に入ったから、店のサイトで買わせてもらった」

「そうなんですね。ありがとうございます！　はるひも喜ぶと思います」

勢いよく頭を下げると、マグカップの水面が揺れる。慌てて手を添えて均衡を保った。

危ない。ソファを汚すところだった。この生地の滑らかな肌触り——いったいおいくら万円なのかわからないのに。けれど弓削は、そんな陽太の様子をも、満足げに目を細めて見つめている。

弓削は今注目の若手経営者だ。経済誌にも頻繁に掲載されている。写真に収まった弓削は、どこから見てもできる経営者の顔をしていた。自分と一緒にいるときに見せるこんな表情は、まるで別人のようだ。

ドムってもっと怖い人なのかもって、昔はおれも思ってた。

まさかサブがお茶を飲んでるだけで、こんなに嬉しそうにしてくれるなんて思わないよね——

つらつらとそんなことを考えていて、気がついた。

もしかして——このお茶、ほんとはおれのため？

いつも家で飲んでいるものと、同じものをわざわざ用意してくれたんだろうか。陽太がくつろげるように。

「……」

弓削は、立派なドムだ。世の中には、未だにその力を乱暴に行使して、サブを苦しめるドムだっているのに。

出会ったドムが弓削で、自分はとても恵まれている。恵まれすぎている。そもそもニュートラルだったなら、自分みたいな庶民とセレブの暮らしは絶対に交わることがなかっただろう。

こんなによくしてもらってるのに、おれは弓削さんになにも返せていない気がする。

『言ってくれないのか……？』

先刻の、弓削の眼差しを思い出した。

——恥ずかしがらずに、言えばよかった。

「弓削さん」

「どうした？」

意を決して声をかけたものの、穏やかに訊ねてくる弓削のまとう気配は、もうとっくに〈サブを見守るだけで満足モード〉に移行している。

――もう一度ここからいい雰囲気に持ってくスキルが……おれにはない……っ。

「な……んでもないです。お茶、美味しいですね」

それだけ言うのが精一杯だった。『大好き』――いざ日常の中で口にしようと思うと、恐ろしくハードルの高い言葉だ。

「転職したばかりだから、疲れが出たのかもな。お茶をもう一杯いれよう。リラックス効果もあるんだろ？」

陽太が己の不甲斐(ふがい)なさに押し黙ってしまったのを、弓削は転職したばかりで疲れていると解釈したようだ。結局、弓削のいれてくれたお茶をありがたくもう一杯いただき、その日はそれでお開きになった。


翌朝、陽太はまだ今ひとつすっきりしない気分のまま出社した。

はるひの結婚式後、陽太は就職活動を再開して、なんとかまた派遣のSE職に就くことができた。これが思いのほか当たりの職場で、パワハラモラハラの類いがほとんどない。なにより「おはようございます」に返ってくるのが、前日から泊まり込んでいる社員の呻(うめ)き声じゃない。弓削は転職したばかりだと気遣ってくれたが、以前の職場にいたときより断然環境はよかった。

弓削とは、今夜も会う約束をしている。

——今日こそ『大好き』って言えるかな。

「…………………」

シミュレーションしてみると、やっぱり恥ずかしさのほうが先に立って、うう、と呻いてしまう。

大体、あんな人とおれが恋人っていうのが、まだ実感が湧かないよ。

若くして会社を経営して、芸術家の支援もしていて、気遣いもばっちりで——対しておれは、見た目も収入も……考えると哀しくなるから、この辺にしとこう。

恥ずかしさには、どこかまだ弓削に対して気後れする気持ちも含まれている。人間として、全然釣り合っていないよな、という気持ちが。

なにか思い切るきっかけでもあればいいんだけど——

思い悩みながらパソコンを立ち上げると、陽太の目に社内SNSに表示された文字が飛び込んできた。

「アプリ開発社内コンテスト……？」

どうやら、社員の士気を上げるためのイベントが開催されるらしい。派遣社員も参加歓迎となっている。

「ああそれ、ちゃんと賞金も出るし、それきっかけで正社員になった人もいるよ」

と教えてくれたのは、隣の席の先輩だ。

——これだ。

陽太は、食い入るようにその告知の文字を追った。

■■■

——無理強いしすぎただろうか。

弓削はマンションのキッチンで火にかけた鍋をのぞき込みながら、戸惑う陽太の顔を思い出していた。


『大好き』

橘(たちばな)のあほうが設定していた悪趣味なセーフワード。あれだけはなんとしても改定しておきたかった。でなければ、せっかく本物の恋人同士になったのに、おちおち愛も囁けない。

昨日、結局その言葉を聞くことはできなかった。

もちろん、コマンドを使えば言わせることはできる。しかし、ぎりぎりのところで堪えた。

やはり、最初は陽太自身の意思で口にして欲しいのだ。

——それじゃ意味がない。

どっしりした厚手の鍋の中身がくつくつと小気味よい音を立て始め、弓削は我に返った。作っているのは、牛肉に小麦粉をはたいて焼くところから始めたビーフシチューだ。

このために、今日は出先から早めに直帰した。滅多にないことに秘書は驚いた様子だったが、なにも訊ねてはこなかった。さすがわが社の秘書。間接的に自画自賛しながらなにをやっているかというと、このあと訪ねてくる陽太のための夕食作りだ。

陽太と一緒にいると、保護欲がとめどなくあふれてくる。なにかしてやりたいのに、なにをしたらいいのかわからない。油断するとすぐ安直にブラックカードに物を言わせたくなって、困る。

そこで弓削が思いついたのが、料理をすることだった。

陽太のために食事の準備をする。そのために最新の調理器具、調理家電を買い揃える。あたかも、自分が欲しくて買ったのだというように。それなら、陽太が遠慮しすぎて負担に思うこともないだろう。——昨日届いた荷物の正体だ。

料理は、血肉になる。

もちろん痩せぎすの今だって、陽太は充分に可愛い。だが、栄養が充分に行き渡って血色がよくなったら、もっともっと可愛いだろう。

今まで料理などしたことがなかった弓削だが、幸い、やればなんでもそれなりにできるたちだ。最新の家電は優秀だし、簡単かつ体にいい料理のレシピも、ちょっとネット検索すればいくらでも出てくる。

――陽太に出会う前なら、こんなもの目に留まらなかっただろうな。

弓削にとって、食事は単なる栄養補給だった。

もちろん接待の席で必要になるから、流行(はや)っている店の料理、接待される側が喜ぶ料理についてくらいは把握している。だが、そうでなければ毎食栄養補助食品でもいいくらいだ。

鍋にしても家電にしても、こんなに何種類も必要か？ 炊飯器ひとつとっても、圧力だの真空だの炭だ直火だと、実にややこしい。最低限の煮たり焼いたりができて、最終的に口に入れられるものができれば、なんだっていいだろう。どうしてこんなに何種類も必要なんだ。レシピだって、世界規格でひとつに統一したほうがわかりやすくないか？

そんなふうに思っていたのに、陽太のことを想って調べているうちに、気がついてしまった。

これらは、みんな、誰かにより良いものを食べさせるために生まれたバリエーションなのだと。

家族に、恋人に、大切に思っている人のために。

つまりは俺が今まで「無駄だ」と思っていたものは全部、愛ゆえにこの世に生まれたってわけだ。

陽太に出会うまで、俺には世界の半分もちゃんと見えていなかった。

人として半人前だった。

「よし」

弓削はビーフシチューを味見して、その出来に頷いた。陽太のために数あるレシピの中から選んだ〈ご飯にも合う、お味噌が隠し味のビーフシチュー！〉は我ながらなかなかの出来だ。

もちろん、陽太が両方欲しがることを想定して、米とバゲット、どちらも用意してある。温泉卵を載せたシーザーサラダも。

陽太の喜ぶ顔を思い浮かべながら準備を進めていると、携帯がぴろんと鳴った。陽太からのメッセージだ。

『すみません！　今日お邪魔できなくなりました。どうしても外せない仕事の打ち合わせが入ってしまって……』

という文言と、なにやら白い小鳥がごめんなさいしているスタンプが送られてくる。

「…………」

今日、無理矢理時間をもぎ取って、夕食の準備をしていることなど陽太は知らない。

サプライズは、自分が勝手にしかけていたことだ。だから陽太はなにも悪くない――

「……っ」

ぼうっと携帯の画面を見ていたから、うっかり熱々の鍋肌に直に触れてしまった。踏んだり蹴ったりだ。

――そういえば、サプライズなんてものも「自己満足でくだらない」と一刀両断していたな、以前の俺は。

報いは受けるものである。弓削は指先を見つめながら、深いため息をついた。

□□□

弓削がため息をついている頃、陽太はまだ会社にいた。

社内コンテストに参加したいと申し出ると、先輩が「じゃあ一緒にやろうか」「こういうの一人だとさぼるから、原くん一緒にやってくれると俺も助かるよ～」と言ってくれたのだ。

さっそく今日、全体に向けての説明会があるというので、考えに考えた末弓削との約束を断ってしまった。

――ごめんなさい、弓削さん。

でも、これも弓削に「大好き」と伝えるためだ。恥ずかしさに打ち勝つために、なにか大きなきっかけが欲しい。少しは、自分が弓削さんに相応しいと思えるような。

「――さて、概要はざっとこんな感じかな。やってて気がついたことはこのコンテスト用の社内チャットで共有してね。逆にわかんないことも訊けるよ」

「はい、頑張ります！」

勢い込んで返事すると、先輩は「元々、これに参加することで新しいフレームワークを使いこなせる社員が増えたらいいなーっていうのが上の狙いだから、気楽にやろう」と苦笑した。やや引き気味だったのは、陽太の気のせいだろうか。

始まりは不純な動機だったが、挑戦してみると、コンテスト参加は楽しい取り組みだった。

元々、プログラミングは手に職をつけたくて学んだことだったから、好きでも、嫌いでもない。今まで勤めたところはどこもブラックで、ＳＥは使い捨てのようなものだったから、楽しいと思うところまで至らなかったのかもしれない。

チャットに質問を書き込んでおくと、だいたい誰かがすぐに反応をくれる。逆に、陽太が発見したことを書き込むと「ありがとう」「助かります」と絵文字が付く。自分がわずかながらも貢献しているようで嬉しい。

――入賞したら、弓削さんに自信持って言うんだ。『大好き』って。

就業時間後に会社に残るのもすっかり当たり前になってしまった週の半ば。給湯室でコーヒーをいれて戻ると、先輩が、コードを入力したディスプレイを睨みつけたまま、顎だけ動かして見せた。

「原くん、電話鳴ってたよ」

「え、あ、はい。ありがとうございます」

デスクに置いていた携帯を手に取って、再び給湯室に引き返す。着信履歴は弓削だ。すぐにかけ直す。

『はい』

電話越しでも弓削はいい声だ。

「どうかしましたか?」

『いや、なにか用事というわけじゃない。なにしてる?』

「あ、えっと、ちょっと、まだ会社です」

社内コンテストに参加していることは、弓削にはまだ秘密にしてあった。無事入賞してから報告したい。電話の向こうからは『慣れないうちは大変だな』と、同情半分、気遣い半分のため息が聞こえる。

『息抜きも必要だろう。今週末ドライブでも行くか』

「あ、えっと――」

口ごもってしまう。週末は、コンテストの中間報告会に向けて、みっちり会社に詰めるつもりだった。

「すみません。週末は、ちょっと大事な用事があって」

もちろん、弓削に会いたい気持ちはある。結局、セーフワードを改定した日以降、一度も直接顔を見ていなかった。もちろん、隙間時間ができることはある。しかし弓削は元々陽太の数倍忙しい人間だ。なかなかタイミングが合わず、すれ違う日々が続いていた。

最初に約束を反故にしたのは自分だし、埋め合わせはしたい。でも、だったらなおさら、コンテストで入賞して自信を持って「大好き」と言える自分で会いたい。

『そうか。――陽太』

「はい」

『――――』

返事のあと、聞こえてきたのは沈黙。

――あれ、電波弱いかな?

携帯を耳に当てたまま、給湯室から廊下に出る。

「もしもし、弓削さん？　聞こえてます？」

『……聞こえてる』

「よかった。あ、さっきなにか言いかけてました？　なんでしょう」

『いや。あまり仕事で無理するなよ』

「弓削さんにそっくり返します」

自分の仕事量なんて、弓削に比べたらまだまだだ。電話の向こうで、弓削が苦笑する。

『そうだな。お互い気をつけよう』

「はい」

陽太も微笑して、通話を終える。

――さっき、なんか不自然だった、かな？

あの沈黙は、本当に電波の不具合だったんだろうか。違和感について深く考え込む前に、先輩の声がした。

「原くんごめーん、デモ機持ってきて。今夜一回動かすとこまで行けそう」

「え、凄い。今行きます」

もしかしたら、参加表明している社員の中で、一番順調に進んでいるかもしれない。陽太は小走りにデスクに戻った。

■■■

社員食堂で定番のうどんを頼んだ弓削は、ろくに味わいもせず食事を済ませると、険しい顔つきで腕を組んだ。

足りない。

うどんがではない。陽太が。

結局、セーフワード改定会議の日以来、一度も陽太と直接会えていない。かれこれもう二週間だ。

お互いいい大人だ。学生じゃあるまいし、恋人になったら四六時中べたべたできるとは思っていない。自分だって、まっとうな時間に帰れたのは、勝手にサプライズをしかけて勝手に失敗したあの日のみだ。それならせめて今度の土日のどちらかに、ドライブでも……と電話してみたら『すみません。週末は、ちょっと大事な用事があって』と断られてしまった。

大事な用、か。

その内容は話してくれなかった。

もちろん陽太も大人だし社会人だ。恋人になったからと言って、逐一全てを報告する必要はない。けれどその「大事」を共有する中に、自分は含まれていないのだな、などと考えてしまう。

同じ言葉を使ってデートの誘いを断ることはあっても、断られたことはない弓削である。

——わりと、こたえるもんなんだな。

今まで自分がしてきたことの非道さを実感してへこむ。これが因果応報の理というものなら、まだまだ応報の部分が山ほどありそうだ。

やっぱりあれか。『大好き』を執拗に強要してしまったから、避けられているんだろうか？

ドムサブのパートナーに、強制力はない。合わないと思えば解消は可能だ。もっと面倒でない相手を探すことだって——

青ざめていると、こと、とテーブルの上になにかが置かれる音がした。

顔を上げると、栄養ドリンクの小瓶が目に入る。置いたのは秘書のひとりだ。

「お疲れのご様子でしたので、よろしかったら」

「あ、……ああ」

労られている。

社員に。

不甲斐ない、と思っていると、様子をうかがっていたらしい他の社員たちが、続々立ち上がった。

「アーモンドミルク、精神安定にいいらしいんで」

「ドライフルーツどうぞ。特にイチジクがストレスにいいらしいですよ」

「コンビニのチョコですけど、けっこう美味しいんですよ。私はこれで元気出るんで」

入れ替わり立ち替わりやってきては、なにかしらを置いていく。

やがて午後の始業時間になると「社長と喋っちゃった」などとはしゃぎながら、社員たちは去っていった。

ぽつんと取り残された弓削のテーブルは「俺の私のおすすめ元気が出る食べ物」でいっぱいだ。

「——地蔵？」

引き上げていった社員たちと入れ替わりでやってきて、そんなことを宣う奴がいる。橘だ。

「なんでおまえ——そうか、今日は社員のカウンセリングの日か」

「そうそう、お仕事。いただきまーす」

両手を合せたかと思うと、なにかを思いついたような顔になって、弓削にも手を合せる。弓削がむすっとしてみせると、満足げに笑って、食事に手を付け始めた。

「で、どうしたの、それ」

「考え事をしていたら、続々置いていかれた」

「へー。考え事って、陽太くんのこと？」

「——どうしてわかるんだ」

「どうしてって、弓削柊一郎をただのへなちょこにできるのって、陽太くんくらいだから」

ことともなげに応じると、味噌汁をずずずとすする。

「ちゃんと恋人になって、今が一番楽しいときじゃないのー？」

橘はからかうように言ってから、わざとらしく顔を強張らせた。

「もしかして、陽太くんの携帯に勝手に追跡アプリ入れたのがばれちゃった？」

「ばれてないし、そもそもやってない！」

「おっと失礼～」

これっぽっちもそうは思っていないだろう。睨みつけると、橘は肩を竦める。

「まあ、パートナーができるっていうのは、素晴らしいことだけど、環境が変わるってことでもあるから、衝突もするだろうね」

「衝突はしていない。ただ」

「ただ？」

「……無理矢理、コマンドを使ってしまいそうになったことが、あった」

声を聞きたくなって電話したあの日のことだ。

幸い、すぐに我に返ったものの、たとえ電話越しであっても、一瞬でもそんなことを考えた自分がひどく情けなかった。しかも『大好き』という言葉を引き出したいがためにだ。

『弓削さんに限って、そんなことないですよ』

陽太のあの全幅の信頼を、裏切ってしまった気がする。弓削は心底情けない気持ちになって、盛大なため息をついた。

「生まれて初めて、自己嫌悪で死にたいという気持ちを理解した」

「それはどうもおめでとう。今夜はお赤飯だね」

「おい」

声を荒らげても、腐れ縁の友人はまったく動じる様子もない。穏やかに目を細めた。

「——今日カウンセリング入ってた人たちが、みんな訊いてくるんだよね。社長、どうかしたんですかって」

「また俺が社員のストレスになってるってわけか。気をつける」

まったく、情けない限りだ。忸怩たる思いで呟くと、「違うよぉ」と橋は笑った。

「みんな心配してくれてるんでしょ」

「——そう、か」

「そのお供えも、なにしたらいいかわかんないけど、なんかしてあげたいっていう気持ちの表れだよ」

そう言われてみれば、弓削も身に覚えがある。ことこと牛肉を煮込んでしまったことが。

橘は愉快そうに告げた。

「失敗したり自己嫌悪に陥ったりしてる弓削、人間臭くていいよ。しばらく、そのままぐるぐるしたらいいよ」

土曜の夜、弓削の姿は都心のコンサートホールにあった。

以前はなにかとやることがあったはずの休日。だが今は、陽太との予定がないとひどく手持ち無沙汰に感じてしまう。ふと、社が支援しているオーケストラの演奏会があることを思い出し、身支度を整えるとタクシーを呼んだ。

公演が終わり、支援している演奏家たちが続々挨拶にやってくる。

「弓削社長、今日はありがとうございました！」

「突然だったから、かえって迷惑じゃなかったかな」

「とんでもないです！　励みになります！」

メンバーたちが、突然の来訪を喜んでくれたのは幸いだった。

——短期間に二度のサプライズ失敗は、さすがの俺でも心が折れる。

しかし、いいパトロンとは金は出すが口を出さないものだろう。弓削は演奏家たちを労うと、早々に彼らを解放してホールをあとにする。まっすぐ帰る気にはなれなかった。

——軽く飲むか。

どうせなら、普段あまり行かない飲み屋街にでも行ってみよう。気分転換だ。そう思って歩き出したのに、結局どこもひとりで入る気にはなれず、いつの間にか駅前にたどり着いていた。

これはもう、素直に帰れってことだな。

橘はぐるぐるしてろ、などと言うが、こんな自分にはうんざりだ。

ため息をついて改札へ向かう。日頃は車で移動することが多いから、地下鉄に乗るのも久し振りだ。

駅の案内表示を見上げていると、ラフなパーカー姿に斜めがけバックの青年が、改札の前で誰かを見送っているのが視界の片隅に入った。

「じゃあおれ、あっちの路線なんで」

見送られたほうは「うん。じゃあまた～」と笑顔で応じて改札の中へ消えていく。見送ったほうの青年の、丸い後ろ頭に見覚えがあった。

「……陽太」

「——え、あ、弓削さん？」

振り返ったのは間違いなく陽太で、大きな目を瞬いている。

陽太が、他の男と談笑していた。

ぎりぎりのところで留まっていた疑念が、いよいよコップの縁からあふれ出てしまったように湧いてくる。俺を避け、俺以外のドムと会っていたのか？　という。

さっきの男はなんと言っていた？　『じゃあ、また』だ。

腹の底から、濁流のようなざわめきが湧き上がるのをぐっと押さえつけて訊ねる声は、自ずと低くなった。

「今まで、ずっとあの男と？」

声が聞きたくてたまらず電話した日も？

「大事な用事というのは、あの男に会うことだったのか？」

「──えっと、それは」

陽太の目が泳ぐ。やはり、やましいことがあるのか。

「──」

濁流を押さえ込んでいた理性が決壊して、体は無意識のうちに男が消えた改札のほうへ向いていた。慌てた様子の陽太が前に回り込んで、行く手を塞ぐ。

「ちょ、ちょっと待ってください、あの人は会社の人で──一日社内コンテストの準備してただけです！」

□□□

久し振りに訪れた弓削の部屋のソファに小さく縮こまって腰掛け、陽太はことのいきさつを説明した。

「社内のアプリ開発コンテスト」

「はい」

「一言そう言ってくれれば……」

弓削はかぶりを振りながら立ち上がり、キッチンへ向かうと、お茶をいれてくれる。この間来たときよりも、家電が異常に増えているような気がしたが、今はそんなことより謝罪が先だ。

「すみません。おれが、変に隠したりしたから」

「どうして隠したりしたんだ？」

マグカップを手に戻った弓削は、そのまま陽太の隣に腰を下ろして、やさしく訊ねてくる。

「……入賞したら、言えるかなって。大好きって」

弓削の端整な眉間に、瞬時に皺（しわ）が寄る。これ以上ないくらいに怪訝（けげん）そうな顔には「俺にもわかる言葉で頼む」と書いてあった。

「恥ずかしかったし、弓削さんみたいに立派な人のサブがおれなんかでいいのかなって思ったら、どんどん気後れしちゃって。おれも、なんかひとつくらい仕事で成果出せたら、自信持って言えるかもしれないって、思っちゃったんです。それで、内緒で頑張ろうって」

言い募る声は、どんどん小さくなっていった。

黙って聞いていた弓削の口の端が、苦笑の形に歪(ゆが)む。

「支離滅裂(しりめつれつ)ですよね！　自分でもそう思います……」

もういっそ消えてしまいたい。が、弓削は「そうじゃない」とやさしい声音でさえぎった。

「立派な人、か。最近会社で俺がどんなふうに扱われているか、陽太には見せられないな」

「え？」

「なんでもない。――陽太」

弓削は陽太の手を取る。親指の腹で愛しげに撫でさすると、唇を寄せた。

恭(うやうや)しいとも言えるこんな仕草を、弓削はよくする。そのたび陽太は、大事に扱われている気持ちになる。自分でも触れることができない胸の奥に、弓削にだけ触れられる部分があって、そこを直接慰撫(いぶ)されているような気持ちに。

「そこまで思い詰めさせたのは、俺が悪かった。でももう、隠し事はなしにしてくれ。……嫉妬(しっと)

で気が狂う」

剝き出しの言葉が、弓削だけが触れられる場所を鋭く抉った。

嫉妬。弓削さんが、おれに？

それも驚きだが、赤裸々に口にされることにも驚く。こんなにも弓削がなにもかもさらけ出してくれることに。

陽太が言葉を失っていると、弓削がわずかに顔を歪めた。

「弓削さん？」

見れば、弓削の一分の隙もなく美しい人差し指に、絆創膏が巻かれていた。どうやらそこが痛むらしい。絆創膏は、いつも完璧な弓削にはひどく不似合いに見えた。

「どうしたんですか、これ」

「いや……実は先週、おまえに食べさせようと思って料理をしたときに」

誤って熱い鍋肌に触ってしまったのだという。

「たいしたことないだろうと思って放っておいたら、そのあと水ぶくれになって、さらに放っておいたら皮がめくれた。少し触っただけだったんだが」

「だめじゃないですか、ちゃんとすぐ冷やさないと――」

言いかけて、陽太は口をつぐんだ。弓削は、料理はしない。

なのに、おれのために？

「……弓削さんは、こんなにおれに歩み寄ってくれるのに、恥ずかしいとか、釣り合わないとか、おれは自分のことばっかり考えて……ごめんなさい」

「ごめんなさい」とくり返す陽太の言葉を、弓削は「もういい」とさえぎる。

怒らせた――？

縮こまる陽太に、弓削は告げた。楽しそうな、悪戯（いたずら）をしかけるような声音で。

「言うべきことは、他にあるだろ？」

予想外の響きに陽太が面を上げると、弓削はやさしい眼差しで促してくる。「さあ」と。

陽太は小さく吹き出した。――吹き出したのに、どういうわけか涙がにじんで止まらなくなる。

責めるでもなく、なだめすかすでもなく、そんなふうに導いてくれるこの人が。

「――大好き」

おれたちのカラー

「ん……」

陽太が微睡みから目覚めると、ベッドのかたわらにはバスローブ姿の弓削の姿があった。起き上がろうとする陽太を眼差しでやさしく制して、額に口づけを落とす。

「誕生日おめでとう」

「……ありがとうございます」

応じる声に薄く笑みが乗ってしまった。それを感じ取ったのだろう。弓削がわざとらしく眉根を寄せてみせる。

「なぜ笑う」

「だって、何度目かなって」

ことの発端は数日前。

「誕生日、なにか欲しいものはないか」

と弓削が訊ねてきた。パートナーになって最初の誕生日だから、気合いを入れて祝いたいということらしい。

「いえ、特に。気持ちだけで充分嬉しいです」

そもそも、誕生日をはるひ以外に祝ってもらうのも初めてのことだ。だからかけ値なしの本心だったのに、弓削はまったく引き下がらなかった。

「じゃあ、なにか食べたいものは？　オムレツ以外に、好きな食べ物はなんだ？」

「好きな食べ物……アメリカンドッグの棒についたカリカリしたところ、とかですかね？」

オムレツを禁じられてしまったのでそう答えると「アメリカンドッグの棒についたカリカリしたところだけ作れる調理器具はないか」と外商に電話をかけ始めたので、慌てて止めた。

「ほんとに、弓削さんがお祝いしてくれるなら、なんでも嬉しいです」と答えた結果、弓削は陽太の誕生日をこの海辺のホテルで祝うことにしたらしい。

陽太の誕生日は九月の下旬。今年は金曜日の夜だった。仕事終わりに弓削が車で迎えに来てくれて、そのままチェックイン。土曜はほとんど丸一日ベッドの上で過ごした。そんなわけで時間の感覚が若干狂ってはいるが、おそらく今は日曜の朝。到着から今まで、弓削から何度お祝いの言葉を聞いただろう。

「俺のサブがプレゼントを欲しがらないからだろう。なにも渡せないから、つい言いたくなる」

俺のサブ、という言葉がくすぐったくて、陽太ははにかむ。

「こんなホテルでお祝いしてもらって、なにもって……」

まるで雲に浮かんでいるかのように寝心地がいい、恐ろしく広いベッド。海に面したウッドデッキには、この部屋のためだけの温水プール。ここで泳げば、視界いっぱいに広がる海と一体になった感覚を味わえる趣向だ。食事は土地の海鮮を使ったフレンチで、陽太は真鯛のポワレなるものを生まれて初めて食べた。ぱりぱりした鱗（うろこ）が美味しい。

間違いなく一生分の贅沢しちゃったな——陽太はそろりとベッドから下り、丸一日ほったらかしだった携帯を手に取った。

液晶に浮かぶ数字を目にしたとたん、ラグジュアリーな部屋に不似合いな、素っ頓狂（すっとんきょう）な声が出る。

「もう午後⁉」

「レイトにしてあるから慌てなくていい。夜は間に合うように送るから」

今日の夜は、はるひが祝ってくれる予定になっている。それは弓削にも話してあった。

——まだ帰りたくないな。

もちろん、この世にたったひとりの妹に祝ってもらえることは嬉しい。なにより、ずっと前からの約束だ。でも。

「帰る前に、海辺を散歩でもするか？」

まるで陽太の心を見透かしたような弓削の言葉に、陽太は一も二もなく頷いた。

海岸に人影はまばらだった。九月下旬という季節の関係もあるが、観光客は近くのもっとメジャーなビーチに行くらしい。

「この辺りは昔からの保養地だからな」

要するに本物のセレブ御用達なのかと思うと少し気後れもするが、静かな波打ち際は、弓削との残り少ない今日の時間を惜しむにはちょうどいい。胸いっぱいに息を吸い込むと、夏の終わりの匂いがした。

「おれ、ちゃんと海に来るの初めてです」

両親に連れて来てもらった覚えはない。学校も、海への遠足などはない地域だった。

「また来よう。車ならすぐだ」

「でも、弓削さん疲れちゃわないですか？　おれ、免許ないから途中で運転替われないし」

「俺のサブのためなら、運転くらいいくらでも」

相変わらず真顔でそんなことを言う。弓削は風に弄ばれる髪をかき上げた。

「ところで、本当に他にプレゼントはいいのか？」

「だから、充分もらってますって」

このやりとりも、もう何度目だろう。苦笑しながら応じていると、ビーチの遠くのほうに、家族連れの姿が見えた。仲睦まじそうな夫婦と、小さな子供二人だ。少し風の出てきた波打ち際で、ぎりぎりまで波を追いかけては、きゃーっと声を上げて逃げる。まるでそんな声さえも、きらきら光っているような光景に、陽太は目を細めた。

『はるひをお願いね』とだけ残して母は消えた。

今はもう、陽太も大人だ。母には母の事情があったのだろうな、と思うことにしている。けれど「親にさえ選ばれなかった自分」という感情は、胸の奥の深いところに長く残った。いつの間にか刻みつけられていた呪いのようなもの。

「俺のサブ」と弓削に言ってもらえるたび、その呪いが解けていくような気がする。

――それで充分だから、欲しいものは本当になんにもない。

「弓削さん――」

そう伝えようとしたとき、海岸沿いの通りから、砂浜に続く階段を下りてくる男性二人連れの姿が目に入った。

正確には、その片方、タンクトップ姿の青年が身につけているものがだ。

――カラーだ。

思わずまじまじと見つめてしまう。幸い、青年はサーフボードを脇に抱えた連れとの会話に夢中で、こちらをちらりとも見ず通り過ぎていく。――おそらく、パートナー同士なのだろう。

どうやら弓削も彼らを見ていたようだ。陽太の視線に気がつくと、ばつが悪そうに目線を戻した。

「そろそろ戻るか」

夜までに都内に戻るなら、散歩はそろそろ切り上げるタイミングだ。弓削の言葉に陽太は頷き、青年たちが下りてきた階段を上って舗装された道路に出た。

通り沿いに、カフェや雑貨の店がいくつか並んでいる。大きく取られたウィンドウのひとつにカラーがディスプレイされているのを見つけて、陽太は足を止めた。どうやら革やシルバーを使ったアクセサリーショップらしい。オーダーができる旨のＰＯＰも置かれていた。

――さっきの人たちも、ここで買ったのかな。

「おれ、カラーをちゃんと見るの初めてです」

「ああ、俺もだ」

二人興味津々でのぞき込む。なにしろ弓削も自分も、ダイナミクス（第二性）が目覚めたのはつい最近のだ。つまり、ドムが社会的に危険視されるようになってからのこと。その頃には大っぴらにカラーを扱う店はもちろん、カラーをつけたサブもほとんど見なくなっていた。

しなやかそうな革のカラーを目にし、陽太の喉はごくりと音を立てる。

カラー。

特定のドムとパートナー関係にあるサブの証。

——あれ、着けたらどんな感じなんだろう。

陽太の脳裏で、弓削が命じている。

『——〈跪け〉』

低く艶のある声に従って、ぺたんと跪く。

『〈いい子だ〉』

弓削は満足げに自分を見下ろして、革のカラーを手に取る。弓削自ら、所有の証をつけてくれたら——

「……この辺りは人も少ないし、住んでいるのは昔からの富裕層だから、都心より気にしないのかもしれないな」

ウィンドウを見つめていた弓削の言葉で、陽太は妄想から覚めた。海風に心地よく冷やされていたはずの体が、じわっと熱を持つ。

「——そう、ですね」

もしも自分がカラーを着けて弓削と並んでいるところを見られたら、二人を無関係と思ってくれる人間はいないだろう。

誰しもが、弓削がドムだと思うはずだ。そしてそれはあっという間に広まってしまう——悪意ある噂を伴って。

そうなれば弓削の会社経営に影響が出る。なにより、弓削が心ない中傷に晒されてしまう。

着けられるはずがない。

自分でも抑えがたいサブの本能は、あれが欲しいと訴えかけている。目に見える証が。

でもそれは叶わないことだ。

陽太は後ろ髪を引かれながら、声を上げた。

「あ、もうこんな時間！　戻らないと。帰り道混んじゃいますよね？」

「あ、ああ、そうだな」

「急げ、急げ」

自分で自分を励ますようにして、陽太はホテルまでの道を小走りに戻った。

「お兄ちゃん、お誕生日おめでと〜」

「うん、ありがと」

はるひが陽太のために予約してくれたのは、地鶏と卵料理が売りの店だった。ウーロン茶で乾杯する。

「弓削さんも一緒でよかったのに」

はるひが不満そうに漏らす。弓削は店の前で陽太を降ろすと「じゃあまた」とだけ残して去っていた。

「パートナーだってことは知ってるんだから、遠慮することないのに」

弓削とパートナー兼恋人になったことについて、はるひには話してある。驚いたような表情を見せたのはほんの一瞬で、すぐに「良かったね！」と言ってくれたのには面食らった。

陽太は次々に運ばれてくる料理を店員から受け取り、テーブルに取りやすく並べながら応じる。

「遠慮じゃなくて、気を遣ってくれたんだよ」

弓削と出会うまで、陽太の世界の中心は、はるひだった。そもそも出会った理由がはるひの結婚式の費用を稼ぐためだったのだ。それを知っているからこその、気遣い。

「兄妹水入らずにしてくれたんだよ、きっと」

弓削の顔を思い浮かべながら告げると、はるひはぐぐっと眉根を寄せていた。未だかつて陽太が見たことのない、険しい顔だ。

「は、はるひ？」

「なにそれ、やらしい」

「や、やら……？」

「だってそうじゃない？　余裕ありげなところが鼻につくっていうか。陽太はもう俺のものですが、今日は特別にお貸ししますよ、的な？」

「そ、そんなんじゃないよ。はるひの旦那さんだって水入らずでって送り出してくれたんでしょ？」

「うちは単に仕事と重なっただけ！　ほんとは来たがってたもん！」

はるひはチキン南蛮を口に放り込む。

「あ、これ美味しい。お兄ちゃんも食べて食べて。ソースに使ってる黒酢もこの店用に作ってもらってるんだって！」

さっきまでぷりぷりしていたのに、もう上機嫌で勧めてくる。忙しない妹に苦笑しつつ、陽太はチキン南蛮に箸(はし)を伸ばした。嚙み締めると、まだ熱々で、じゅわっと脂がしみ出してくる。そこに甘酸っぱいソースと、こってりしたタルタルがからむ。

「美味しい。……こういうの、弓削さんも好きかな。今度訊いてみよう」

このくらいならごちそうできる。ホテルのディナーで食べた鯛のポワレのお礼としては、あまりに釣り合わないかもしれないが。

「キャベツがいっぱいついてるのもいいと思うんだよね、体に。仕事が立て込むと平気でご飯抜いちゃうから――」

「やらしい……！」

「今度はなに？」

「お互いのことわかってます感すごい出してくる！」

「ど、どの辺りが？」

「無自覚か～」

「っか～」と意味不明な声を発しながら、ウーロン茶をぐびりとあおる。いったいどこでこういう仕草を身につけてくるんだろう。

「まあ、でも良かった。お兄ちゃん、前は自分の誕生日でもはるひどうする？　はるひはどれが好き？　って言ってたもんね。今日一回もそれ言ってないよ」

「あ……」

言われて初めて気がついた。目の前にはるひがいるのに、考えていたのは弓削のことばかりだ。

「ごめん」

「違うよ。いいことだって言ってんの。はるひはお兄ちゃんが妹離れしてくれて嬉しい」

はるひはおどけた様子で胸に両手を当てると、不意にやさしく目を細める。

「弓削さんのおかげだね」

「――うん」

その通りだ。しみじみと頷くと、はるひは一転目を輝かせた。

「ねえねえ、弓削さんプロデュースの誕生日、どんなだった？　どんなだった？」

子供の頃も『お兄ちゃん、お話して？』とよくせがまれたものだった。そんなことを思い出しながら「部屋は？」「食事は？」「お風呂は？」と請われるままに話して聞かせる。そのたびはるひは「うわ」とか「ひえ」とか「いいなあ」とか、身悶えていた。

「最後に海辺を散歩したんだけど、他のビーチより人が少なくて――」

「――お兄ちゃん？」

「ううん、なんでも」

陽太は我に返ってかぶりを振った。

思い出してしまった。カラーを着けて、ごく当たり前のように歩いていたカップル。ドムへの風当たりが弱まらない限り、自分はあれを着けることはないのだろう。わかってはいるが、ほんの少しだけ淋しい。

はるひは訝しげな眼差しを向けていたが、幸い、デザートの昔ながらの固いプリンがやってくると、そちらに気を取られてくれた。スプーンで濃厚なプリンをすくって口に入れながら「そう言えば、大丈夫だった？」と訊ねてくる。

「なにが？」

「前に、蕁麻疹出たって言ってたじゃない？　原因不明の」

「ああ……蕁麻疹っていうか、痣っていうか……」

陽太は自分の肩甲骨の真ん中辺りにある痣を思い浮かべた。ちょっと薔薇の花のようにも見えるあれだ。

——そういえば、弓削さんのせいだと思って橘さんのところに怒鳴り込んだんだよなあ、おれ。その場で、なぜか一ヶ月専属の契約を結ぶことになったから、ある意味ではこれが二人を結びつけたとも言える。

「蕁麻疹って、日光に当たっても出たりするっていうじゃない？　プールで泳いで大丈夫だったかなって」

プールで泳いだのは到着した金曜の夜だけで、あとはずっとベッドシーツの海にいたのだが、そんなことを実の妹に言えるわけはない。

「ありがと。大丈夫だよ」

大丈夫だよ、と答えたものの、本当に大丈夫なのかは陽太にもよくわかっていない。ちなみに、弓削の胸にもちょっと蝶々のように見える痣ができていて、それも未だ消えていなかった。

二人一緒に出ている症状だから、薬が合わなかったのかな、と思っている。

なにしろ、ダイナミクス（第二性）については充分に研究されたとは言いがたく、わかっていないことも多いのだ。

　今度橘先生のところに薬もらいに行ったら、もう一度訊いてみよう——そんなことを考えながら、陽太もプリンにスプーンを突き立てた。

■■■

「はい今月も問題なし。パートナーがいても薬は忘れずに飲んでね。プレイと薬、併用が一番いいって言われてるから」

「言われてる、な」

　弓削はシャツのボタンを留めながら、そう嫌味を口にした。

　陽太を妹との待ち合わせ場所に送り届けたのは、午後七時頃だった。そのまま帰るのも手持ち無沙汰で、橘に連絡を取った。そろそろ毎月の薬をもらいに行かないといけないタイミングだったから、このぽっかりあいた時間で済ませてしまおうと思ったのだ。橘は「もー、また。時間外ですけど?」とぶーぶー文句を言いながら、最終的にはクリニックを開けてくれた。

「しょうがないでしょ。ダイナミクス（第二性）についてはすべてがわかってるとは言えないの。あんまりお金にならない研究っていうのは、進まないもんだよ」

「わかってる」

昔からの知り合いである橘がダイナミクス（第二性）に詳しい医者だったのは、幸いだったのだろう。気持ちの上でも、情報漏洩という意味でも。医師の守秘義務を疑うわけではないが、昨今のマスコミ報道の流れを鑑（かんが）みると、弓削がドムであることを知る人間は少ないに限る。

マスコミ――

弓削が苦い顔をしたのを悟ったのか、橘が訊ねる。

「なんか浮かない顔だけど、どうした？　今週って、陽太くんの誕生日でラブラブお泊まり会だったんじゃないの？」

ラブラブお泊まり会ってなんだ、と顔をしかめつつ、弓削は診察椅子に座り直した。

「――ホテルの近くで、カラーを着けているサブを見た」

「へえ。まあ、都心より人目が少ないところなら、まだいるのかな？」

「マスコミでのドムの扱いが悪意あるものでなかったら、陽太にもカラーを贈ることができたのにな」

陽太が着けるなら、細身のものがいい。

上質の革で、黒よりは茶。いや、いっそ赤も陽太の白い肌によく映（は）えるだろう。

「正式なパートナーになって初めての誕生日だ。本当なら、カラーを贈るのに最適なタイミングだろう?」

弓削は想像する。

陽太に命じる自分の姿を。

『――〈跪け(ニール)〉』

陽太は瞳の奥に悦びをにじませて、ぺたんと跪く。

『〈いい子だ(グッドボーイ)〉』

期待と恥じらいで瞳を潤ませている陽太を見下ろして、革のカラーを手に取る。この手で自ら、所有の証を着けることができたなら――

「陽太が俺のサブだと誰にも見せつけられないのが悔しい」

「うーん、さすがラブラブ期。欲望に遠慮がない」

モニターに向かってカルテを打ち込んでいた橘が、くるりと椅子を回転させてこちらに向き直る。

「しょうがないでしょ。もしカラーなんか着けて並んで歩いてるとこ見られたら、マスコミが殺到して大変な目に遭うのは陽太くんだよ」

「そんなことはおまえに言われなくともわかってる」

ドム性が目覚めてはじめに心配したのは、経営への影響だった。どんな風評が起きて、株価に影響するかわからない。だからこそ、うっかりグレアを暴走させたりしないよう、アンダー・ザ・ローズを利用したのだ。陽太との関係の始まりは、キャストと客でしかなかった。

でも今は違う。

自分がドムであることが露見したとき、好奇の目に晒されるのは陽太だ。それは絶対に避けなければならない。

とはいえ、だ。

「サブにとってカラーは特別なものなんだろう?」

店に飾られたカラーを見つめていた陽太。いつも年齢よりも幼く見える愛らしい顔が、あのときだけ憂いをはらんで、少し大人びて見えた。

『急げ、急げ』——あんなふうにはしゃいでいたのは、無理していたんだろう。

帰りの車の中でも、いつも通りに振る舞ってはいたが、ときどきどことも知れない窓の外に視線を彷徨わせていた。気づいていたのに、なにも言ってやれなかった。なにを言っても、カラーを着けられないという事実は変えられないから。

自分のサブに、あんな顔をさせてしまった。そのことが弓削を不甲斐ない気持ちにさせる。

「あー、まあある意味では婚約指輪みたいなものだとは言うよね。少しは他のドムへの抑止力にもなるだろうし」

他のドム、という言葉が引っかかって弓削は面を上げた。

「つまり、カラーを着けないということは、飢えたライオンの檻に子羊を放つような――？」

久し振りに兄妹水入らずで過ごしたいだろうと、ひとりで送り出してしまったが、夜の繁華街だ。うっかり他のドムに遭遇しないとも限らない。やっぱり同席するべきだったろうか。

「そんな大げさな」

「大げさじゃない。陽太はあんなに可愛いんだぞ。他のドムだって興味を持つに決まって――ちょっと様子を見に」

「ドムばかここに極まれりって感じだね」

「付き合っていられない」とばかりに橘は苦笑すると、再びモニターに向き直った。

「陽太くんがほいほいついてくわけないし、大体君たちはベターハーフなんだから、そんなに焦らなくても」

「――ベターハーフ？」

橘はさも当たり前のことのように口にしているが、耳慣れない言葉だ。今まで診察中にそんな言葉が出てきたことはあっただろうか。

「だから――」

橘が呆れたように言いかけ、途中で口をつぐんだ。「あれ?」などと呟いて、思案している。

記憶を探るように虚空を見上げたあと、ぽん、と手を叩いた。

「あー、そうか、なんか弓削を調子に乗せすぎるのもなーと思って、教えるのやめたんだ。あのね、弓削。弓削と陽太くんはね――」

□□□

『ごめんね。妹さんとお食事中だったんだよね? でもすぐに説明しろってその人がうるさくて』

橘が弓削のタブレット越しに小さく手を合せてくる。ここは弓削の家のリビングだ。

はるひとの誕生日会は、九時にはお開きになった。なにしろはるひは家庭のある身だし、明日は月曜。おれも早く帰ろうと思って外に出ると、なぜか弓削が車で待っていて「大事な話がある」と連れて来られた。

到着するなり、橘と通話のつながったタブレットを手渡されたのだ。共有画面には、陽太にはミミズがのたうっているようにしか見えない文書が映し出されている。

「ベターハーフ……」

『海外の、すっごく古い論文にちょこっと載ってるだけで、僕もそれ以上のことはわからないんだけどね』

古い文献を当たっていくと、特に相性のいいドムとサブの間に、同様の痣が現れる現象があったのだと言う。

『それで、そういう関係を〈ベターハーフ〉って呼んでたみたい。いつの頃からか、それが現れる人が減っていって、その代わりに残ったのがカラーを贈るっていう風習なんじゃないかってまとめられてるんだよね。つまり、カラーよりも君たち二人のその痣のほうが、結びつきを表す元祖ってわけ。——だから、カラーがなくても、不安に思う必要ないんじゃないかな』

「ベターハーフ……カラーの元祖……」

通話を終えた陽太の唇から、呟きが漏れる。

もちろん初めて耳にする言葉だった。サブ性に目覚めてまだ数ヶ月、折に触れて弓削と一緒に政府のガイドラインなどで勉強しているが、そんな言葉を見た記憶はない。

「陽太」

弓削の声が背後からして、陽太はぞくりと身震いした。顔が熱いのは、橘の話の内容もさることながら、最後の言葉のせいだ。

『不安に思う必要ないんじゃないかな』

どうして先生は、おれが不安だって知ってたんだろう。弓削さんがなにか話した？

だとしたら、思い当たることはひとつ。

あの海のショップで、おれ、そんなに物欲しそうな顔しちゃってた？

「弓削さん、あの、おれ」

「――〈黙って（シッ）〉」

ぴり、と空気に緊張が走る。命じられた通り言葉を飲み込むと、弓削は陽太を軽々と抱え上げ、寝室に運んだ。うつ伏せにさせ、カットソーをめくり上げる。

肩甲骨のちょうど真ん中、薔薇のように見えるその痣に、弓削の唇が触れた。

「……っ」

火のように熱い。

身悶えると、弓削はさらに何度も口づけをくり返した。

「あ、あ、、や」

背中に口づけされているだけなのに、そこから指の先まで快感が広がって、痺れたように身動きできなくなる。ぺしゃっとシーツの上に突っ伏して、息も絶え絶えでいると、弓削の体が覆い被(かぶ)さってきた。

「……すまない」

まるで、先刻禁じた陽太の言葉を肩代わりするかのように紡がれる、詫びの言葉。

「サブが不安になるのは、ドムの責任だ」

その囁きは、まるで懺悔(ざんげ)のようだった。

陽太がそんなことない、と言う前に、弓削は大きく息を吐く。

「本当なら、陽太にカラーを着けたかった。俺の手で」

「――」

そう告げる声の中に、ほんの少し拗ねたような響きがある。陽太の胸の中いっぱいにざわざわした感覚が広がっていった。

「俺のサブだと見せびらかして歩きたかった」

続く言葉は、さらに無防備だった。子供のように。

おれが、着けて欲しいって思うように、弓削さんも、着けたいって思ってくれてたんだ――

きっと弓削さんのこんな顔を知ってるのは、世界でおれだけなんだ。

そう考えると、背中の痣がまた熱を持った気がする。陽太はもぞもぞと動いて仰向けになると、弓削の胸の中で彼と見つめ合った。

「……おれも、本当はちょっとカラーが欲しかったです。おれは弓削さんのものだって、みんなに見て欲しかった」

乱れた前髪の向こうで、弓削の瞳が少し不安げに揺れる。そんな様子に、愛しさがこみ上げる。弓削が「俺のサブ」と言ってくれるように、弓削は陽太にとって「おれのドム」だ。不安になんかさせたくない。

陽太は必死で言葉を探した。

「でも、おれたちだけにしかわからない印があるっていうのは、もっと良くないです……か？」

「陽太……」

弓削は虚(きょ)を衝(つ)かれたように瞬き、やがて「は」と愉快そうに破顔する。

「そうだな。――さすが、俺のサブだ」

弓削は陽太を抱き起こし、コマンドを告げる。

「〈脱がせて(ストリップ)〉」

初めて命じられるコマンドに、心臓が小さく跳ねた。血流が速くなり、指先までじんじんする。おぼつかない手を伸ばし、弓削のシャツのボタンをひとつ、またひとつと外していく。

時間をかけてようやく弓削の胸元をはだけると、そこには一匹の蝶が浮かび上がっていた。手を伸ばして、指先でそっと触れる。

「〈キス〉」

「――」

今まさに望んでいたコマンドが発せられて、陽太は身震いした。

そっと頭を伏せて、唇を寄せる。弓削の鍛えられた胸の筋肉がぴくりと反応するのが嬉しい。陽太は夢中で弓削の胸板に口づけを落としていった。先刻弓削が陽太の薔薇にそうしたように、ちゅっと濡れた音を立てると、弓削が微かに笑う気配がする。

自分の奉仕で、弓削が喜んでいる。そう感じると、自分の背中もまた熱を持つ。

「〈いい子だ〉」

弓削の手が、感極まったように陽太の髪の間に差し込まれると、髪を梳かれただけなのに「ん……」と喉が鳴ってしまった。

弓削は陽太の着ていたカットソーを頭から脱がせると、下着ごとパンツも脱がせる。再びうつ伏せにさせて、薔薇の上に口づけの雨を降らせた。

「あ、あ、あ、あ」

「〈晒せ〉」

晒せ、というコマンドを、弓削はよく使う。それが、陽太が心の奥底で望んでいるものだと、知っているから。

「……」

陽太は四つん這いになり、薔薇の咲いた背中を伏せた。腰を高く上げ、丸く小さな双丘に手をかける。ぐっとそこを押し広げると、弓削の視線を熱のように感じた。

「あ……っ」

弓削の気配が近くなる。薔薇をなぞっていた舌先が、今度はそこをねぶる。

「まだ柔らかいな」

笑みを含んだ声音でそう言われ、頬がかっと熱を持った。そうだ、まだそこが柔らかさを保つくらい、週末中たっぷり愛し合っていた。なのにカラーがないくらいで、なにを不安がっていたのだろう。

「あんなにしたのに、ひくひくして、まだ欲しがってる」

「言わない、で……ああっ……！」

陽太の羞恥などおかまいなしに、弓削の舌は容易にそこに入り込んだ。まるで熟れた果実にかぶりつくときのような水音をたてながら、ぬるぬると出し入れされる。

「あ、ん、あ……っ！ やあ……、ああ……っ！」

意識が飛びそうになり、ぎゅっとシーツを握りしめて堪えた。だが遅かった。

「また中だけでイッたな」

そんな弓削の囁きだけで体は微細な痺れに覆われて、返事をすることもできない。為す術もなくさらけ出した後孔に、ひた、と固い物が押し当てられた。まるでバターナイフがバターの中に沈むように、ずぷりと滑らかに入り込んでくる。

「ああ……っ！」

とろとろにとろけているのに、弓削が自分の中でどくんと波打つたび、意思に反して隘路が蠕動してしまう。貪欲に、奥へ奥へと誘い込むように。

そのまま抽挿が始まると思ったのに、弓削は陽太の両脇に手を入れると、反らせるように上体を起こさせた。

「ひ……っ！」

中を抉られる角度が変わり、強すぎる快感が頭の天辺まで貫いていく。弓削は自身を陽太に咥え込ませたまま、陽太の足を大きく割り、胡座をかいた自分の胸に抱き込んだ。

片手で陽太の中心を握ってしごきながら、片手でぴんと立った乳首をいじる。

「あっ、や、やだ、これ……！」

感じるところすべてを一度に責められると、快感をどこにも逃がせない。弓削の愛撫は止まらなかった。激しく腰を突き上げながら、陽太の鈴口を爪で割る。にじみ出した先走りのぬめりを借りてさらにしごかれる。

「い、いく、いっちゃう……っ！」

思わず漏らすと「まだだ」と耳たぶを甘噛みされた。まだだ、と言いながらそんなことをされると、涙がにじんでしまう。弓削は陽太を再びうつ伏せにさせると、ベッドのヘッドボードに摑まらせた。節高の指が腰を鷲摑み、楔を打ち込んでくる。

「ああっ――！」

強い快感に、思わず腰が逃げる。弓削は陽太の腹に腕を回し、ぐっと引き寄せて結合をさらに深くした。根元までみっしりと穿たれた肉。限界まで広がってそれを受け容れている自分を想像すると、ひどく淫らだ。弓削が荒々しい息づかいと共に抽挿を始めると、お互いの淫らな肉がからみ合う音がベッドルームを満たし、耳からも陽太を追い詰めていった。

「あ、あ、あっ、だめ、ほんとにだめ、もう――！」

「陽太……」

囁いて、弓削が果てる。熱い奔流がどくっと注ぎ込まれる、その感覚が最後の一押しになって、陽太も精を放った。

「あぁ……」

弛緩した体を支えきれず乱れたシーツの上にくずおれると、弓削の体も、そんな陽太を包み込

むように覆い被さる。

——あ。

蝶を誘う薔薇と、薔薇の誘惑に堕ちる蝶。

汗ばんだ二人の痣が、ちょうど重なり合っていた。

あとがき

はじめまして、あまみや慈雨と申します。第一回ビーボーイ創作BL大賞にて優秀賞を頂戴しました本作「契約ドムがはなしてくれない」が、ご縁あってこうして書籍にしていただくことになり、感慨無量です。

小説執筆時、毎回一つは新しい課題を己に課しています。今回はドムサブに初挑戦！　でした。執筆に当たって調べているうちに、それまで自分が勝手にドムサブに「ちょっと怖い」という間違ったイメージを抱いていたことに気づきました。おそらく、同じ理由でドムサブ作品を手にするのを躊躇している方々もいるんじゃないかな？　と思ったので「怖くない」「痛くない」「甘々」で、それでいてドムサブの美味しいところを全部盛り込んだ作品を目指しました。結果としてドムサブ入門の一つとして最適な作品になったのでは？　と思っております。けなげな苦労人サブ・陽太と、ハイスペックだけど本気の恋愛はド素人ドム・弓削のお話を楽しんでいただけましたら幸いです。自分の恋愛感情に振り回されてしまう攻が性癖です（笑）。

最後に、素晴らしいイラストをつけてくださったＡＳＨ先生、担当様、編集部の方々、販売に関わってくださった全ての方々、そしてもちろん、手に取ってくださった読者様に感謝いたします。つらいことの多い時代ですが、そんな中でも、束の間浮き世の憂さを忘れるような楽しさを提供できていますように。感想などいただけたら大変光栄です。では、また、どこかで。

ビーボーイノベルズをお買い上げ
いただきありがとうございます。
この本を読んでのご意見・ご感想
をお待ちしております。

〒162-0825 東京都新宿区神楽坂6-46
ローベル神楽坂ビル4F
株式会社リブレ内 編集部

アンケート受付中
リブレ公式サイト　https://libre-inc.co.jp
TOPページの「アンケート」からお入りください。

契約ドムがはなしてくれない

2024年2月20日　第1刷発行

著者――あまみや慈雨
©Jiu Amamiya 2024

発行者――太田歳子

発行所――株式会社リブレ
〒162-0825 東京都新宿区神楽坂6-46ローベル神楽坂ビル
営業 電話03(3235)7405 FAX 03(3235)0342
編集 電話03(3235)0317

印刷所――株式会社光邦

定価はカバーに明記してあります。
乱丁・落丁本はおとりかえいたします。

この書籍の用紙は全て日本製紙株式会社の製品を使用しております。

Printed in Japan
ISBN978-4-7997-6536-4